반통의 물

나희덕 산문집

창비

1999

반통의 물

초판 1쇄 발행/1999년 11월 15일
초판 12쇄 발행/2022년 2월 18일

지은이/나희덕
펴낸이/강일우
펴낸곳/(주)창비
등록/1986년 8월 5일 제85호
주소/10881 경기도 파주시 회동길 184
전화/031-955-3333
팩시밀리/영업 031-955-3399 · 편집 031-955-3400
홈페이지/www.changbi.com
전자우편/lit@changbi.com
표지 디자인/(주)끄레 어소시에이츠

ⓒ 나희덕 1999
ISBN 978-89-364-7055-5 03810

반통의 물

책머리에

소가 자기도 모르게 내는 울음소리가 시라면, 산문은 삶이라는 뻣센 지푸라기를 씹고 또 씹는 되새김질 같은 거라고 생각해왔다. 산문이 시보다 좀더 의식적이고 반성적이 되는 것은 그래서일 것이다. 그런데 지나간 글들을 정리하면서 보니 제대로 새기지도 않고 삼킨 지푸라기들이 얼마나 많은지 자꾸만 고개를 디밀고 올라왔다. 대체 기억이란 얼마나 되새겨야 흙으로 돌아가며, 상처란 얼마나 고개 숙여야 순해지는 것일까.

시인이 산문집을 묶는다는 것이 스스로의 헐벗음을 드러내는 일이 되기 쉽다는 것을 모르지 않는다. 시를 쓸 때도 언어 뒤로 숨는 데 그리 능하지 못한 내가 산문에서는 더더욱 살아온 모양새가 고

스란히 드러나 보이는 노릇을 피할 수 없을 것이다. 그러나 이 글들이 내 속에서 시라는 바퀴를 나아가게 하기도 하고 때로는 멈추게도 하면서 함께 굴러온 또하나의 바퀴임을 부정할 수는 없을 것 같아 이쯤에서 내려놓는다. 두 바퀴가 삐걱거리며 지나온 길을 되짚어 걸어가는 마음으로 글들을 조금씩 손보았다.

『반 통의 물』이라는 제목부터가 그런 삐걱거림에 대한 고백인지도 모른다. 어리석은 사람은 반쯤 담겨진 그릇의 물과 같고 지혜로운 사람은 가득 찬 연못의 물과 같다는 말이 있다. 그 말에 비추어 보아도 나는 역시 반 통의 물에 가깝다. 스스로 충만해서 일렁임이 없기를 바라는 것은 너무 큰 욕심일 것이고, 반쯤 모자라 출렁거리고 사는 어리석음이 나는 그다지 싫지 않다. 지금까지 써온 글들 역시 내 속에 채워지지 못한, 또는 잃어버린 절반으로 하여 뒤척인 날들의 기록이 아닐까 싶다.

그래서 이 책 속에는 '질문들'은 있지만 '대답들'은 없고 '순간들'은 있지만 '보루들'은 없다. 그 대신 나를 지나간, 또는 내가 지나온 '나무들'과 '사람들'이 있다. 고단한 삶 속에 혼자 내던져진 것 같았던 날들도 실은 그들이 베푸는 그늘 아래 있었음을 이제야 느낀다. 그 나무들과 사람들에게 이 모자란 책으로 인사를 대신한다.

낯선 손님은 온다는데 마땅한 찬이 없어 자꾸 찬장문만 열었다 닫았다 하는 사람처럼 허둥거리다가 간신히 상을 차리긴 차렸다. 이 빈약한 밥상을 받아드는 이여. 찬이 없으면 온기나 허기를 찬으

로 삼아 먹는다고 했으니, 다행히 그대 영혼의 허기를 만나 조금의
온기나마 나눌 수 있기를.

1999년 가을에

나 희 덕

차례

제 1 부
순간들

일몰 무렵

한 사람의 생애에 있어서 삶의 밑바닥까지 내려가보는 어떤 시기가 있는 것처럼, 하루라는 시간 중에서도 유난히 민감해지고 근원적인 상태가 되는 순간이 있게 마련이다. 늘 그랬던 것은 아니지만, 내게는 그러한 시간이 대체로 일몰 무렵에 찾아왔던 것 같다. 밝지도 어둡지도 않은 어스름 속에서 세상이라는 거대한 바퀴가 갑자기 멈춘 것 같은 정적이 찾아오는 시간. 그때의 나는 잘 마른 종이가 물기를 빨아들이듯이 그 정적에 잠시 몸을 맡기고, 소멸을 향해 걸어가는 시간의 발소리를 듣곤 한다.

내 기억 속에 가장 먼저, 그리고 가장 선명하게 남아 있는 일몰의 기억은 일곱살 때다. 그네를 타고 있었는데, 그네를 차고 오를 때마다 낮은 산들 저편으로 해가 지는 게 보였다. 그런데 노을빛이 얼마나 아름답던지 나는 저기가 아마 하늘나라일 거라고 단정해버렸던 것 같다. 이 세상이 아닌 다른 세상의 황홀한 아름다움, 그 노을빛을 보려고 나는 그네를 구르고 또 굴렀다. 그네가 가장 높이 올라갔을 때 노을을 향해 풍덩 뛰어들면 금방이라도 저 세계로 건너갈 수 있을 것만 같았다. 그러나 아무리 강렬한 유혹과 그리움을 느꼈다 해도 내 몸은 그네라는 틀에 매여 있을 뿐이었고, 결국 나는 깜깜해진 놀이터 마당에 혼자 남겨진 자신을 발견하고 말았다.

사람이 평생 꿈꾸는 유토피아의 구조는 대개 열살 미만의 어린 시절의 체험 속에 들어 있고, 그것이 조금 변형되기는 해도 그 뿌리는 평생 지속된다는 얘기를 읽은 적이 있다. 내게는 그 노을빛이 내가 그리는 세계의 밑그림이 되어온 것 같다. 세월이 지날수록 그 노을빛은 기억 속에서 더 강렬해져간다. 붉게 물든 구름조각들과 뺨을 스치던 바람의 감촉, 그네의 쇠줄이 삐걱거리던 소리, 점점 흐려지다가 마침내 어둠속으로 사라진 낮은 산들의 윤곽, 그네에서 내려서는 순간 나를 받아주던 모래의 감촉…… 마치 마들레느 과자에 대한 회상이 프루스뜨의 생애를 재구성하는 계기가 되었던 것처럼, 나에게 있어 그 노을빛은 부지불식간에 떠올라 내 눈앞의 사물들을 붉게 물들여놓곤 한다.

지금 생각해보면 그것은 삶 저편의 세계, 즉 유토피아 또는 죽음에 대한 선험적 체험이 아니었나 싶다. 죽음에 대한 의식이 없어도 죽음을 체험할 수 있고, 삶을 다 겪지 않고도 삶의 조건들에 대해 체득할 수 있다는 게 내 생각이다. 유년의 한 장면이 이토록 나를 지배하고 있다는 것은, 그 속에 삶의 시작과 끝이 다 들어 있기 때문일 것이다. 시간이 무엇을 향해 흘러가는지 그 방향을 일몰의 하늘처럼 선명하게 보여주는 경우는 많지 않다. 그러나 일몰의 하늘은 동시에 말한다. 어둠은 죽음에 대한 공포를 동반하지만, 다가올 어둠을 잠시 유예하거나 초월할 수 있는 힘 또한 그 어둠의 시작인 일몰 속에 들어 있다는 것을.

유년기의 이러한 이미지 때문인지 일몰 무렵에 대한 정서적 친연성은 내 시에서 두드러진 편이다. 「해질녘의 노래」에서처럼 "아직은 문을 닫지 마셔요 햇빛이 반짝거려야 할 시간은 조금 더 남아 있구요 새들에게는 못다 부른 노래가 있다고 해요 저 궁창에는 내려야 할 소나기가 떠다니고요 우리의 발자국을 기다리는 길들이 저 멀리서 흘러오네요"와 같은 안타까운 노래를 부르게 하기도 하고, 「그런 저녁이 있다」에서처럼 "저물 무렵/무심히 어른거리는 개천의 물무늬며/하늘 한구석 뒤엉킨/하루살이떼의 마지막 혼돈이며/어떤 날은 감히 그런 걸 바라보"게 만들기도 한다. 그리고 꼭 해질 무렵이 아니더라도 "얼마 남지 않은 불씨를 응시하고 명멸의 소리들에 귀 기울이면서" 태어난 많은 이미지들도 결국 소멸해가는 존재들에 대한 경사를 보여주고 있는 셈이다.

그러므로 그런 성향의 원천이 되어주는 이 일몰의 이미지는 프루스뜨가 말했던 "시간의 연대기적 순서에서 해방된 일분간"과도 같은 것이다. 그 '일분간'은 어떤 현실보다도 현실적이고 풍부해서 그것에 대한 회상을 통해 자아 역시 똑같은 해방과 자유를 누릴 수 있게 된다. 그런 근원적인 기억에 힘입지 않고서 어떻게 일회적인 시간의 흐름 속에 몸을 담고 살아가는 인간이 시간의 제약에서 잠시라도 벗어날 수 있을 것인가. 시간의 '밖'에서 시간을 바라본다는 것,

그 자유가 우리에게 허락하는 것은 시간으로부터의 도피가 아니라 오히려 시간에 대한 수용이다.

❀

아주 오랜 후에 나는 잃어버린 습관을 다시 찾기라도 한 것처럼 해질 무렵 버스정류장에 나가 서 있곤 했다. 퇴근길에 아이가 타고 올 유치원 버스를 기다리면서 나는 왠지 그 자리에, 그 노을 앞에 내내 서 있었던 것만 같은 착각이 들곤 했다. 「오분간」이라는 시에서 말했듯이 아이를 기다리는 오분 남짓한 시간 동안 내 생애가 다 지나갈 것 같은 느낌에 사로잡히기도 했다. 삶은 그렇게 무언가를 기다리는 일이라는 것, 그러나 기다리는 것은 끝내 오지 않으리라는 예감…… 나는 누군가를 기다리고 있는 것이 아니라 소멸해가는 시간의 등을 물끄러미 바라보고 있었는지도 모른다.

그런 생각에 잠겨 있다가도 버스에서 아이가 내리면, 나는 아이의 손을 잡고 총총히 집으로 걸어갔다. 지나간 하루에 대해 아이와 재잘거리며, 나는 시간의 등으로부터 부산스럽게 도망쳐오곤 했던 것이다. 그러나 왠지 그 나무그늘 아래서 또하나의 내가 지금도 누군가를 기다리고 있을 것 같은 생각을 해보고는 한다. "시간의 연대기적 순서에서 해방된" 오분간, 나는 다시 노을 앞에 서 있다. 그 노을빛은 찬란하기보다는 그저 담담하고, 다소 쓸쓸해 보이기도 한다.

내가 나의 아이만 하던 일곱살 때 그리도 도취했던 노을빛은 어디로 사라졌을까. 이제 꽃그늘 아래서 누군가를 기다리며 시들기 시작한 한 여자의 기다림, 그것은 건너갈 수 없는 세계에 대한 동경이라기보다는 동경의 대상을 상실한 뒤의 쓸쓸한 자기응시에 가까울 것이다. 광휘로 가득 찬 노을의 이미지를 잃어버리고 나는 지금 일몰의 시간이 부려다놓은 깊은 심연 앞에서 두리번거리고 있다.

반 통의 물

"그들은 분명히 월든 호수의 고기보다는 스스로의 자연을 더 많이 낚았으며, 그들의 낚시에는 어둠이 미끼로 달려 있었다. 그러나 그들은 대개 빈 바구니를 들고 금방 물러가버린다."

소로우는 월든 호숫가에 메기를 잡으러 오는 사람들을 가리켜 이렇게 말했다.

내가 두 해째 남의 땅을 빌려 아주 작은 밭을 일구어온 일 역시 그 낚시꾼들의 방문과 크게 다를 바가 없을 것이다. 내 속의 어둠을 미끼로 나는 스무 평 남짓한 밭고랑 사이에서 무언가를 낚으려 했으나, 지금 내 손은 여전히 비어 있다.

그러나 밭을 일구는 동안 그래도 얻은 것이 있다면 바로 그 비어 있는 손이다. 밭에 쪼그려앉아 일하는 동안만이라도 무엇이든 덜 움켜쥘 수 있었으니까. 밭을 처음 고르기 시작할 때부터 손으로 돌멩이를 수없이 골라내어 고랑 밖으로 던졌지만, 실은 내 마음속에 그렇게 내던질 것들이 많았던 탓이다. 그러는 동안 내 안에도 어느새 푸른 것들이 자라날 수 있는 작은 공간이 생겨나기 시작했다.

몸과 마음이 좀 무겁고 탁해진다 싶으면 나는 그것을 낫게 할 처방을 잘 알고 있다. 밭에 갈 때가 된 것이다. 바빠서 오랫동안 밭에 가지 못하면 마치 산소가 부족한 물고기처럼 허덕거리는 꼴이 된다. 무언가를 키운다는 일은 이렇게 사람을 길들이는 면이 있다. 그것이 사람이든 식물이든 하루하루 자라나는 그 아름다움에 그저 눈이 멀어 힘든지도 모르고 땀을 흘린다. 그러나 자기에 대한 집착을 버리는 동안 또다른 집착의 대상을 만든 건 아닌가 싶기도 하다. 그래서 나는 집착이 되지 않을 정도로만 밭에 가려고 한다.

밭은 멀고도 가깝다. 차로는 오분 거리지만 걸어서는 삼사십분 걸리는 곳에 있다. 그곳으로 가는 길은 여러갈래 있지만, 걸어서 갈 때는 언제나 호수공원 전체를 가로질러 가야 한다.

해가 질 무렵 산책을 겸하여 한손에 호미를, 다른 한손에 물통을 들고 천천히 걸어가는 것은 차로 쌩 다녀올 때와는 다른 맛이 있다. 자전거를 타고 공원을 달리는 모녀. 지팡이를 짚고 말없이 벤치에 앉아 있는 노인. 나비채를 풀풀거리며 뛰어가는 아이들. 잘 익어서 떨어지는 해를 바라보며 내 얼굴도 조금은 붉어져서 걷다보면 그 풍경과 함께 어떤 심연 속으로 천천히 가라앉을 것만 같다.

그런데 해찰하며 걷고 있던 내 눈앞이 갑자기 아득해져왔다. 무엇이 지나간 것일까. 무엇을 지나온 것일까. 거의 동시에 그것과 나는 공중에서 맞부딪쳤다. 하루살이떼. 그것은 스러져가는 무엇이 아니라 차라리 막 피어난 산수유떼처럼 자욱한 생(生)의 움직임 같았다. 내 키 높이쯤에서 부정형으로 움직이고 있는 그 뒤엉킴을 통과하는 순간, 나는 그것이 아주 오래된 설움을 건드리듯이 마음 깊은 곳을 휘돌아나가는 걸 느꼈다. 그리고는 어찌해볼 도리도 없이 눈물이 솟구쳐나오기 시작했다. 무슨 울음인지도 모른 채 나는 걸으면서 울었다.

그 점처럼 작은 존재들이, 그들의 절박한 춤이, 완강하게 닫혀 있던 마음의 일부를 허물어버렸다. 그리고 내 속으로 운하처럼 쏟아져 들어왔다. 모든 게 자욱해지고, 살아 있다는 것만으로도 서럽고 벅찬 순간이 아주 오랜만에 찾아왔다.

밭에 가는 길에는 이런 만남들이 잠복해 있다가 복병처럼 나타나곤 한다. 차를 타고 갈 때보다는 걸어갈 때, 그것도 아주 천천히 걸어갈 때, 또는 나무그늘에라도 앉았다 갈 때, 이따금 나타나는 복병들에 나는 즐겁게 놀란다. 나는 어쩌면 밭보다는 밭으로 가는 길을 더 좋아하는지도 모른다. 밭이 멀찍이 있다는 것은 다행스러운 일이다.

"좀 넉넉히 넣어요. 넉넉히."

당근씨를 막 뿌리려는 남편에게 나는 몇번이나 말했다. 다른 씨

앗들은 한번 키워보았기 때문에 감을 잡을 수 있겠는데, 부추씨와 당근씨는 올해 처음 뿌리는 것이라 대중이 서지 않았던 것이다.

게다가 아까부터 밭 주변을 종종거리는 참새 서너 마리가 어쩐지 마음에 걸린다. 작년에도 너무 얕게 씨를 뿌려 낭패를 본 적이 있기 때문이다. 씨 뿌린 지 두 주일이 넘도록 싹이 나오지 않아 웬일인가 했더니 새들이 와서 잘 잡숫고 간 뒤였다. 그제서야 농부들이 씨를 뿌릴 때 적어도 세 알 이상씩 심는 뜻을 알 것 같았다. 한 알은 새를 위해, 한 알은 벌레를 위해, 그리고 한 알은 사람을 위해.

워낙 넉넉히 뿌린 탓인지, 새들이 당근씨를 별로 좋아하지 않는 탓인지, 당근싹은 좀 늦긴 했지만 촘촘하게 돋아나왔다. 처음엔 그 어렵게 틔워낸 이쁜 싹들을 솎아내느니 차라리 잘고 못생긴 당근을 먹는 게 낫다고 그냥 두었다. 그러나 워낙 자라는 속도가 빨라 자리를 잡지 못하고 밀려나오는 뿌리가 하나둘이 아니었다. 이러다가는 당근 전체가 제대로 자랄 수 없을 것 같았다.

그것을 보면서 식물에게는 적절한 거리라는 것이 매우 중요하다는 생각이 들었다. 사람과 사람 사이에서도 지켜야 할 최소한의 거리가 깨졌을 때 폭력과 환멸이 생겨나는 것처럼, 좁은 땅에 서로 머리를 디밀며 얽혀 있는 그 붉은 뿌리들에서도 어떤 아우성이 들려오는 것 같았다. 내가 그들을 돕는 길은 갈 때마다 조금씩 솎아주어서 그 아우성을 중재하는 일이었다. 농사를 배운다는 것은 바로 그들의 적절한 '거리'를 익히는 과정이 아닐까.

꽃

열무와 아욱이 아주 알맞게 자랐을 무렵이었다. 농약을 치지 않 았지만, 비가 많이 와서인지 벌레가 작년보다 덜한 듯했다. 그 대신 풀이 슬슬 극성을 부리기 시작해 너무 억센 풀만 골라서 뽑아내고 있을 때였다. 젊은 남자 둘이 나타나 나에게 물었다.

"아줌마, 어떻게 이 땅에서 농사짓게 됐어요?"

나는 동네에서 부동산을 하는 아무개 아빠가 이 땅에 농사지으라 고 했다고 대답했다. 그랬더니 용도변경을 내서 식당을 지으려고 삼년 전에 사둔 땅이라며 자기가 바로 이 땅 주인이라는 것이었다.

"그 사람, 남의 땅 갖고 자기가 인심 썼네."

하면서 기분 나쁜 표정을 짓는 그들 앞에서 나는 갑자기 죄인이 된 것 같은 기분이었다. 땅을 부치면서도 그것이 누구 땅인지에 대해 서는 한번도 생각해보지 않은 나였다. 나는 본의는 아니지만 미안 하게 되었다고 하면서 필요한 것은 언제든지 따먹으라고 했다.

나중에 알아보니 전주인이었던 아무개 아빠가 그 땅을 팔고 난 뒤에 삼년째 땅이 놀고 있는 걸 보고 두어 집에 부쳐먹으라고 했던 모양이다. 무료로 땅을 빌려 농사를 짓는 사람도 좋지만 휴농세를 안 내도 되니 땅주인도 좋은 일이라 별말을 안했다고 한다.

그런데 삼년째 땅을 소유하기만 하고 버려두다시피 했던 사람이 어느날 자기 땅에서 누군가 살뜰하게 농사짓는 걸 보니 부아가 난 모양이다. 그는 옆에 묵어 있던 밭두둑을 대충 고르더니, 친구와 함 께 고구마순을 듬성듬성 꽂아놓고 사라졌다. 그러나 고구마순을 심기에는 이미 늦어버린 때였고 너무 성의없이 심어서 반나절도 지나지 않아 시들어갔다. 그는 고구마순을 심고 간 것이 아니라 '이 땅은 내 땅'이라는 무수한 깃발을 그 밭에 꽂아놓고 간 것일지도 모른다. 그래서일까? 흙은 그 깃발을 받아들이지 않는 듯했다.

❀

야생식물 전시회에 가서 화분에 심어진 둥굴레꽃, 참나리꽃, 매발톱꽃, 섬초롱꽃 등을 샀다. 꺾일까봐 조심조심 차에 싣고 돌아오는데, 남편은 집으로 가지 않고 밭 쪽으로 차를 몰았다. 밭에 도착하자 그는 그 화분들을 내려놓고 밭 중간중간의 빈자리에 땅을 파기 시작했다. 집에서 키우려고 산 것을 왜 여기에 심겠다는다는 건지 나는 내심 못마땅한 눈길로 바라보았다.

"누구 보라고 여기에 심어요?"

"우리가 밭에 왔을 때 보고, 지나가는 사람들이 보고, 여기 옥수수랑 콩이랑 심심할 때 바라보라고. 이 꽃들도 원래는 산과 들에 피어 있었을 거야."

나는 좀 기가 막히기도 했지만, 그의 말이 틀리지는 않았다. 포로처럼 전시회에 끌려와 있던 야생초 몇 뿌리를 흙으로 돌려보내기 위해 이삼만원을 축낸 것이 조금 억울하기는 했지만, 그래도 베란다 구석보다는 여기가 볕도 잘 들고 바람도 잘 통할 테니 그들의 보석금을 대신 내준 것이라고 생각하기로 했다. 그들은 이제 자유다.

밭 가운데 심어진 섬초롱꽃, 참나리꽃, 매발톱꽃은 아주 오래 전부터 거기 그렇게 피어 있었던 것만 같았다. 온통 초록빛 사이로 언뜻언뜻 비치는 주황빛과 흰빛——그들은 자기에게 가장 어울리는 배경을 얻고는 더 환하고 싱그럽게 피어올랐다. 그제야 비로소 제 존재의 빛을 보여주기 시작하는 듯했다.

그 꽃들이 제 빛을 다하고 초록의 일부로 돌아간 뒤에 밭은 다소 심심해지는가 싶더니, 이내 채소의 꽃들이 하나둘 피어나기 시작했다. 그중에서도 노란 쑥갓꽃과 연보랏빛 아욱꽃은 여느 화초 못지않게 예뻤다. 줄기나 잎은 이미 쇠어서 먹기 어렵게 되었지만, 나는 그들을 뽑지 않고 그대로 남겨두었다. 나비와 벌들에게도, 나에게도 그 꽃들은 아직 피어 있어야 할 이유가 충분했던 것이다.

나는 꽃집에서 살 수 없는 그 꽃들을 이따금 몇 송이씩 가져다 꽃병에 꽂아두기도 했다. 왜 사람들은 쑥갓을 먹을 수 있는 이파리로만 생각할까. 아마도 자기에게 유용한 부분에만 관심을 가지고 그것을 전부로 생각하려는 성급함 때문일 것이다. 잎을 주는 채소든 열매를 주는 채소든 엄연히 피워내는 꽃이 있는데도 사람들은 그것을 꽃이라고 보아주지 않는다. 그저 아름다움의 대용품으로 주문된 꽃, 잎과 뿌리와 열매와 절연된 채 파편으로 존재하는 꽃만을 꽃이라고 부른다.

그러나 나는 억세진 가지와 질겨진 이파리 위에 피어난 아욱꽃에서 모든 소용이 다한 뒤에 찾아오는 하나의 절정을 보았다. 그것은 유아독존의 자기현시가 아니라 멀리서 희미하게 웃고 있는 어떤 미소에 가까웠다. 스스로를 흩어버림으로써 새로운 생명을 준비하고 있는, 씨앗을 머금은 미소였다.

✿

　미운 풀이 죽으면 고운 풀도 죽는다는 속담이 있다. 김을 맬 때마다 나는 그 말을 자주 떠올린다. 그럼 내가 뽑고 있는 잡초는 미운 풀이고, 키우고 있는 채소는 고운 풀이란 말인가. 곱고 미운 것의 기준은 어디에 있을까. 사람이 먹을 수 있느냐 없느냐에 따라 잡초와 채소를 구분하여 하나는 죽이고 하나는 살리는 것이 이른바 농사다. 그러나 미운 풀이 죽으면 고운 풀도 죽는다고 하지 않는가. 선택보다는 공존이 땅의 본래적 질서라고 할 때, 밭은 숲보다 생명에 덜 가깝다.

　그래서 밭을 일구면서 가장 고민되는 문제가 풀이다. 사람의 손이 미치기 오래 전부터 이 둔덕에는 명아주, 저 둔덕에는 개망초, 이 고랑에는 돼지풀, 저 고랑에는 질경이…… 그들이 원래는 이 땅의 주인이었다. 그런데 달갑지 않은 침입자가 삽과 호미를 들고 나타나 그것도 생명을 키운답시고 원주민을 쫓아내니, 사실 원주민 풀들에게는 명목이 서지 않는 노릇이다.

　그렇다고 풀을 그냥 두면 뿌려놓은 채소들이 자라지 못하게 되니 어느정도는 뽑아주어야 한다. 이런 안절부절 덕분에 우리 밭에는 채소가 반이고 잡초가 반이다. 변명 같지만, 다른 밭보다 우리 밭에 풀이 무성한 것은 게으름 때문만은 아니다. 만일 그렇다 해도 게으름이 농부의 악덕은 아닌 것이다.

여름이 오기 전에 꼭 해보고 싶은 일이 있었다. 그러기 위해서는 온전히 비워둔 하루가 필요했다. 그러나 나는 끝내 그 하루를 마련하지 못했다. 그 일이란 내가 기른 채소를 가지고 버스정류장 앞 길가에 앉아 팔아보는 일이었다. 밭에는 우리 식구가 먹고도 몇번은 내다 팔 채소가 골고루 있었다. 이웃에 나눠주고도 남는 그 잉여분을 어떻게 처리할까 궁리하다가 떠오른 생각이었다. 책이나 들여다보고 살아온 내가 하루이틀이라도 그 시들어가는 야채들을 책으로 삼아 앉아 있어보는 것도 나쁘지 않을 것 같았다.

이미 버스정류장 앞엔 할머니 세 분이 매일 호박이나 깻잎, 가지, 상추 등을 팔고 계셨다. 그분들께 방해가 안되면서 목이 괜찮은 곳이 어딜까 은근히 자리까지 보아두며 별러왔지만 끝내 실행에 옮기지 못한 것은 나름대로 이유가 있다. 왠지 농사와 장사를 생업으로 삼는 분들을 생각하면 그런 일회적인 행동이 지나친 여기(餘技)로밖에는 여겨지지 않았기 때문이다. 논밭을 부치지 않으면 안되고 그것을 내다 팔지 않으면 안되는 삶, 그것이 여기나 호기심에 의해 이해될 수 있는 일이 아니라는 걸 너무도 잘 알고 있었다.

그러나 그런 생존의 고충이 내게도 아주 낯선 것만은 아니다. 나도 밥을 벌기 위해 원고를 써서 팔았고, 빚을 갚기 위해 쓰고 싶지 않은 글까지 써야 할 때가 적지 않았다. 그러느니 차라리 길에서 채소를 팔거나 식당에서 슬리퍼가 닳도록 일하는 게 정직한 노릇이 아닐까 하는 생각이 들기도 했다. 무슨 일이든 그것이 생업이 되는 한 감수해야 할 고통이란 게 있는 것 같다.

그리고 자기가 어떤 일을 하는 사람이라는 자의식 또한 삶을 부자유스럽게 만드는 일면이 있다. 글쓰는 사람이라는 자의식이 나를 더 열린 사람으로 만들기보다는 갈수록 다른 삶의 가능성이나 근접성을 닫아버리는 쪽으로 작용하는 걸 느낀다. 그것은 언뜻 자발적 선택처럼 보이지만, 대부분의 경우 보이지 않는 어떤 힘과 질서에 의해 배분된 결과이기도 하다는 사실에 문득 두려워지기도 한다. 그걸 알면서도 사람들은 주어진 삶에 너무도 쉽게 동의하고 순응한다. 그리고 단 하루의 시간도 거기서 빼내지 못하는 것이다.

밭 바로 옆에는 우물이나 수도가 없다. 조금 걸어가야 그 마을 사람들에게 농수를 공급하는 수로가 있는데, 호스나 관으로 연결하기에는 거리가 제법 된다. 또, 그러기에는 작은 밭에 너무 수선스러운 일인 것 같아 그냥 물을 한 통 한 통 길어다 주었다. 푸성귀들을 키우는 것은 물이 아니라 농부의 발소리라는 말이 그냥 나온 게 아닌가보다. 우리 밭을 흡족하게 적시려면 수로까지 적어도 열 번은 왕복을 해야 하니 그것도 만만치 않은 노릇이었다.

물통을 들고 걸을 때마다 생각나는 사람이 있다. 우리 집에서 가까운 텃밭을 일구시는 어떤 할아버지인데, 물을 주러 가시는 모습을 몇번 본 적이 있다. 그 할아버지는 몸 반쪽이 마비되어 걷는 게 그리 자유롭지 못하시다. 성한 한쪽 팔로 물통을 들고 걸어가시는 모습은 거의 몸부림에 가까우면서도 이상한 평화 같은 걸 느끼게 한다. 절뚝절뚝 몸이 심하게 흔들릴 때마다 물은 찰랑거리면서 그의 낡은 바지를 적시고 길 위에 쏟아져, 결국 반 통도 채 남지 않게 된다. 그렇게 몇번씩 오가는 걸 나는 때로는 끌듯이 지나가는 발소리로 듣기도 하고, 때로는 마른 길 위에 휘청휘청 내고 간 젖은 길을 보고 알기도 한다.

그 젖은 길은 이내 말라버리곤 했지만, 나는 그 길보다 더 아름답고 빛나는 길을 별로 보지 못했다. 그리고 어느날부터인가 나 역시 그 밭의 채소들처럼 할아버지의 발소리를 기다리게 되었다. 반 통의 물을 잃어버린 그 발소리를.

물통을 나르다가 문득 이런 생각이 들곤 한다. 내가 열 번 오가야 할 것을 그 할아버지는 스무 번 오가야 할 것이지만, 내가 이 채소들을 키우는 일도 그 할아버지와 크게 다르지 않은 어떤 안간힘 때문은 아닐까. 몸에 피가 돌지 않는 것처럼 문득문득 마음 한쪽이 굳어져가는 걸 느끼면서, 절뚝거리면서, 그러면서도 남은 반 통의 물을 살아 있는 것들에게 쏟아붓고 싶은 마음, 그런 게 아니었을까.

이 짤막한 이야기들은 그렇게 밭을 가꾸는 동안 절뚝거리던 내 영혼의 발소리 같은 것이다. 감히 농사라고는 할 수 없지만, 자연과의 행복한 합일이라고도 부를 수 없지만, 내 속의 어둠과 불구에 힘입어 푸른 것들을 만나러 가곤 했다. 그들에게 물을 주고 돌아오는 물통은 언제나 비어 있다.

존재의 테이블

　나에게는 '존재의 테이블'이라고 남몰래 부름직한 앉은뱅이 탁자
가 하나 있다. 노트 한권을 올려놓으면 꽉차버리는 아주 작고 둥근
탁자인데, 나는 그걸 마루 한구석에 놓아두고 그 앞에 가 앉고는 한
다.

　모처럼 혼자 오롯하게 있는 날, 나는 무슨 의식이라도 준비하는
사람처럼 실내의 전등을 다 끄고 볕이 가장 잘 들어오는 창문 쪽을
향해 그 테이블을 가져다놓는다. 그러고는 두 손을 깨끗이 씻고 차
한잔을 그 옆에 내려놓고 앉는다. 그렇게 테이블 위에서 책도 읽고
글도 쓰고 아니면 그저 멍하게 앉아 있노라면 마음의 사나운 기운
도 어느정도 수그러드는 것이다. 어쩌면 아주 드물게 찾아오는 그
순간을 위해 나머지 시간들을 소란스러움 속에서도 살아내고 있는
것 같기도 하다.

　나는 그 테이블을 인도 여행중 어느 토산품점에서 샀다. 직접 손

으로 깎아서 만든 공예품들을 파는 집이었는데, 그 테이블을 보는
순간 나는 바슐라르의 존재의 테이블을 떠올렸다. 그는 추운 겨울
날 불기 없는 방에서 겨울 코트를 포개입고 책을 읽곤 했는데, 그
즐거운 독서와 몽상이 이루어지던 테이블을 '작업용 테이블'이라고
하지 않고 '존재의 테이블'이라고 불렀다. 그 테이블에 앉는 순간만
큼은 자기 존재와 세계에 대해 충일한 행복을 느낄 수 있었기 때문
에 붙여진 이름일 것이다.

　사실 그의 생애 자체는 객관적인 기준에서는 그리 풍요롭거나 행
복하지 못했다고 할 수 있다. 시골 우체국 임시직원에서 출발하여
결혼한 지 6년 만에 아내를 잃고 혼자서 어린 딸을 키우면서 살림을
꾸려나가야 하는 입장이었다. 그러면서도 그는 꾸준히 독학을 해나
가서 마침내 교수자격 시험에 합격하고 세계적인 철학자가 되었다.
세상이 그를 받아주거나 기억해주지 않던 시절에 가난과 외로움을
견디게 해준 것은 다름아닌 그 '존재의 테이블'이었다.

　대학자가 된 이후에도 그가 끊임없이 꿈꿀 수 있었던 것 역시 그
테이블 위에서였다. 그는 책에서 얼마나 행복감을 느꼈던지, 매일
아침 책상 위에 쌓인 책 앞에서 일용할 배고픔을 달라고 기도를 올
릴 정도였다고 한다. 또, 빠리의 아파트에서 밤늦게 책을 읽는데 옆
집에서 못 박는 소리가 들려온다든가 할 때, 그는 자신을 귀찮게 하
는 모든 것, 모든 소리에 관해 평정을 유지하는 방법을 잘 알고 있
었다. 시끄러운 망치소리를 들으면서도 "저건 아카시아나무를 쪼고
있는 내 딱따구리란 말야" 하고 중얼거릴 만큼 그는 그 소리들을
'자연화'시키는 비범한 재주를 가지고 있었던 것이다.

내가 감히 존재의 테이블을 갖겠다고 생각한 것은 바슐라르를 흉내내려는 치기에서가 아니다. 아마도 그가 이룬 업적이나 성공보다는 한 인간으로서 고통과 외로움을 이겨내는 방식에 대해 더 깊이 공감했기 때문일 것이다. 그리고 내게도 그런 자리가 필요하다면 이렇게 자그마하고 나지막한 테이블일 거라고 생각하면서 나는 그것을 샀다. 다리는 접었다 폈다 조립이 가능하고, 둥근 판 위에는 작은 꽃문양을 새겨넣은 테이블이었다.

그 테이블을 사는 순간 어찌나 행복했던지 그것만으로도 인도에 온 보람이 있다고 생각할 정도였다. 그러나 행복감은 차차 후회로 변해갔다. 여행 초기에 커다란 짐 하나가 생긴 셈이니 여행 내내 나는 그것을 끌고 다니느라 여간 고생을 한 게 아니었으니까. 존재의 자리를 낙타의 혹처럼 자기 등뒤에 짊어지고 다니는 내 모습이라니! 그처럼 우매한 충동과 집착이 또 어디 있을까 싶었다.

그 테이블을 사지 않고도, 이미 집에 있는 테이블로도 충분히 만들 수 있는 존재의 자리를 나는 왜 그 테이블이 아니면 안될 것처럼 생각했던 것일까. 그것은 아마도 오랫동안 자기 존재의 자리를 잃어버린 채 생활에 휘둘려 살아가고 있다는 위기감 때문이었을 것이다. 그리고 아무리 큰 집을 가졌다 해도 그 속에 정작 존재의 자리를 갖지 못한 사람보다는 덜 우매해지려는 욕심에서였을 것이다.

이런 쓸쓸한 자부심이 그 테이블에는 깃들여 있다. 그런데 문제는 '존재의 테이블'을 인도에서 한국땅까지 끌고 와서 집안에 들여놓은 후에도 그 앞에 앉을 시간을 그리 많이 갖지 못했다는 것이다. 아주 오래도록 거기에 앉지 못할 때도 있었다. 그럴 때는 바로 곁에 있는 그 테이블이 아주 멀리, 그것이 만들어진 인도보다도 멀리 있는 것처럼 느껴진다. 새겨진 꽃문양 사이사이로 먼지가 끼어가는 걸 보면서 내 마음이 그 모습 같거니 생각할 때도 많았다. 그토록 애착을 느꼈으면서도 어느 순간 잡동사니 속에 함부로 굴러다니며 삐걱거리게 된 그 테이블을 볼 때마다 나는 새삼 씁쓸해지고는 한다.

매일 학교에 갔다가 부랴부랴 돌아와 밥하고 청소하고 빨래하고 아이들 챙겨서 재우고 나면 자정이 넘어버리는 일상 속에서 그 앞에 앉기란 사실 쉬운 일은 아니다. 행복하면 그 짧은 행복을 즐기느라, 고통스러우면 그 지루한 고통에 진절머리를 치느라 그 앞에 가 앉지 못했다. '존재의 테이블'을 장만한 뒤에도 존재의 자리는 쉬이 생기지 않았다.

그러다가도 그 삐걱거리는 테이블을 잘 만져서 바로잡고 아주 공들여서 먼지를 닦는 날이 있다. 그러면 나는 내가 닦고 있는 것이 테이블이 아니라 실은 하나의 거울이라는 것을 알게 된다. 내가 지금 어디에 어떻게 앉아 있는가를 가장 잘 비추어주는 거울. 그리고 힘든 일이 닥칠수록 그 테이블만큼 더 낮아지고 고요해지는 것이 필요하다고 넌지시 일러주는 거울.

그렇게 잘 닦고 나면 다시 그 앞에 앉을 엄두도 나는 것이다. 볕이 잘 드는 창문 쪽으로 그 테이블을 가져다놓고 두 손을 씻고…… 이렇게 누추한 생활에서 간신히 스스로를 건져올려 그 앞에 데려다놓는다. 그 드문 순간들에야 비로소 나는 고통스러우면서도 행복하다는 것이 무엇인지를 어렴풋하게나마 느끼게 된다.

점자들 속으로

　스무살 무렵, 틈만 나면 점자책을 만들던 때가 있었다. 격자판과 펀치, 점자종이만 있으면 언제 어디서나 할 수 있는 일이었다. 우연한 기회에 어떤 사회복지관의 강습과정을 통해 수화와 점자를 배우게 되었다. 처음에는 점자기호가 익숙지 않아 번번이 교재를 들여다보아야 했고, 잘못 찍을 때가 한두 번이 아니었다. 그러나 점차 숙달되어 초등학교 교과서를 비롯해 쉬운 동화책, 아름다운 단편들, 나중엔 성경책까지 꽤 긴 분량도 소화할 수 있게 되었다.

　지금은 컴퓨터 덕분에 빠른 시간 내에 자동으로 점자화할 수 있게 되었다지만, 그때까지만 해도 점자를 익힌 사람들이 일일이 손으로 점자책을 만들지 않으면 안되었다. 그러니 점자로 된 책이 턱없이 부족할 수밖에 없었다. 카세트 테이프에 책 내용을 녹음하는 방식에 비하면 시간도 오래 걸리고 번거로운 일이지만, 시각장애인들은 귀로 듣는 것보다 손으로 직접 읽는 것을 좋아한다고 한다. 우리가 눈으로 책을 읽듯이 그들 역시 아주 예민한 손끝으로 스스로 책을 읽으며 음미하고 싶어하기 때문일 것이다. 그들의 손끝이 스쳐가는 것은 희미하게 도드라진 점들의 집합에 불과하지만, 그 작은 점들을 통해서 만나는 세계는 결코 작지 않다.

점자를 많이 찍은 날에는 손에 굳은살이 박이거나 통증이 느껴지기도 했지만, 그 책을 받아서 손끝으로 읽어갈 누군가를 생각하면서 점을 하나하나 찍다보면 어느새 몇시간이 훌쩍 지나 있곤 했다. 그것은 마치 수틀을 앞에 두고 한땀 한땀 무언가를 수놓아가는 일과도 같았다. 누구를 위해 봉사한다는 생각보다는 그저 그 일이 즐거웠을 뿐이다. 세상에 한권밖에 없는 책을 만든다는 즐거움에 나는 수공업자라도 된 듯이 그 일에 몰두했다.

그러면 그 점들이 또하나의 세상과 통하는 통로처럼, 낯선 그들과 나를 연결해주는 어떤 끈처럼 느껴지기도 했다. 지금은 글을 쓰는 사람으로 살아가고 있지만, 그 시절 나는 막연하게나마 장애인과 함께 살아가고 싶다는 생각을 키워가고 있었다. 그러기 위해서는 먼저 그들이 쓰는 언어를 알아야 한다고 생각했다. 자라면서 배운 언어가 아닌 또하나의 언어를 배운다는 것, 그것은 다른 세계와 만나기 위한 하나의 준비이기도 했다. 그것이 비록 아주 단순하고 지루한 기호들의 나열이라 할지라도, 점자라는 언어를 통해 나는 세상이라는 텍스트를 새로운 방식으로 읽고 싶었던 것이리라.

그러나 점자 찍는 일이 아무리 익숙해져도 점자를 손으로 읽는 일은 마음먹은 대로 되지 않았다. 눈을 뜨고는 점자를 술술 읽을 수 있지만, 막상 눈을 감고 점자 위에 손을 얹으면 내 손끝은 그렇게 무디고 어두울 수가 없었다.

그러면서 나는 절감했다. 빛에 익숙해진 눈으로 누군가의 어둠을 이해한다는 일이 얼마나 불가능에 가까운 일인지를. 손끝이 눈동자처럼 예민해지기까지 그들이 얼마나 암흑 속에서 발버둥쳐야 했는지를. 그 칠흑 같은 암흑을 제대로 겪어보지도 못하고 그들의 언어를 읽으려 했던 나의 시도가 얼마나 오만에 찬 것이었는지를. 끝내 나는 눈으로 읽는 자였던 것이다.

이러한 절망 역시 눈먼 사람이 듣는다면 배부른 소리라고 할지도 모르겠다. 그러나 세상은 눈만으로 보는 것이 아님을 느낄 때가 많다. 눈으로 볼 수 없는 것들이 너무나 많다. 눈을 뜨고도 마음의 눈이 멀어버린 사람에 비하면 육신의 눈이 어두운 사람이 덜 불행할지도 모른다는 생각이 들기도 한다. 두 눈으로 인해 생겨나는 수많은 욕망과 편견, 혼란과 분열을 생각해본다면, 두 눈은 사람에게 주어진 축복이자 가장 큰 짐이라는 것을 부정할 수 없다.

연암 박지원의 산문 중에 이런 얘기가 나온다. 화담 서경덕 선생이 길을 가다가 집을 잃고 울고 있는 어떤 사람을 만났다. 왜 울고 있느냐는 선생의 말에 그가 울면서 대답하기를,

"저는 다섯살 때 눈이 멀어서 이십년 동안이나 앞을 보지 못하고 살아왔습니다. 그런데 오늘 아침 밖에 나왔다가 홀연히 세상이 밝게 보이기에 영문을 모르고 기뻐했습지요. 신기해서 사방을 구경하다가 이제 집으로 돌아가려 하는데, 길은 여러 갈래요, 대문들은 비슷비슷해서 도무지 어디가 어딘지 분간할 수가 없습니다. 그래서 이렇게 울고 있습니다."

이 말을 듣고 화담 선생은 집으로 돌아갈 수 있는 방법을 일러주었다.

"잘 들어라. 도로 눈을 감아보아라. 그리고 지팡이를 두드리며 걷다보면 곧 너의 집이 나올 것이다."

그래서 그 눈먼 사람은 늘 하던 대로 다시 눈을 감고 지팡이를 두드리며 걸어가 집을 찾아갈 수 있었다고 한다.

그렇게 소원하던 대로 눈을 뜨게 된 사람에게 도로 눈을 감으라는 화담 선생의 말은 언뜻 현실성이 없게 들리기도 한다. 이 이야기는 정작 눈먼 사람들보다는 두 눈을 뜨고 살면서도 앞을 제대로 분간할 줄 모르는 사람들에게 들려주는 말이라고 봐야 할 것이다. 눈앞의 현실이 혼미해질수록 다시 눈을 감고 평상심을 되찾으라고 말이다. 그러면서 이 이야기는 우리에게 참으로 본다는 것이 무엇인가를 다시 묻게 한다.

❁

옛 기억으로 다시 돌아가 내가 언제부터 점자책과 멀어지게 되었는가 생각해보면, 그것은 내가 '본다'는 사실을 의심도 가책도 없이 받아들이면서부터였던 것 같다. '또다른 봄'의 언어를 잊고 내 언어에만 익숙해지면서부터, 다른 언어에 길들여지지 않는 자신을 더이상 불편해하지 않으면서부터, 그리고 손끝을 세우고 기다리는 어떤 사람들을 점차 잊게 되면서부터…… 그러면서부터였을 것이다.

대학 졸업 후 지방 소도시에 고등학교 교사로 취직이 되어 서울을 떠나게 되었다는 것, 국문과를 졸업한 나로서는 원한다 해도 바로 장애인들과 관련된 일을 얻을 수 없었다는 것, 시 쓰는 일에 십년이 되도록 발목이 잡혀 있다는 것, 이젠 세상이 좋아져서 손으로 만든 점자책 따위는 필요없어졌다는 것, 이런 핑계들을 나는 가지고 있다. 꿈꾸었지만 가지 못했던 길과 지금 걸어가고 있는 길에 대해 그렇게 둘러대면서 살아왔다.

그러나 그런 핑계들 위로 한덩이의 진흙이 던져진다.

"도로 눈을 감아보아라. 그리고 지팡이를 두드리고 걷다보면 곧 그곳이 나올 것이다. 네 마음의 눈을 땅에 떨어뜨렸던 그곳이."

까마득하게 잊고 있었던 스무살 무렵의 기억이 불현듯 떠오른 것은 연초에 한 어른께서 손수 써보내신 글 때문이었다. 득안(得眼)이라는 말. 문학에서 '눈'을 얻는 것이 가장 중요하다는 말씀과 함께 보내신 "得眼"이라는 두 글자를 펴놓고 있자니, '눈'이라는 말이 마음을 무겁게 만든다. 문학의 눈을 얻기 이전에 한 인간으로서 내가 대체 무얼 보고 살아왔나 싶기도 하고, 그것을 또 뭐라고 언어로 남겼나 싶기도 해서. 참된 눈을 얻는 일은 까마득하기만 하고 아직도 눈먼 짐승처럼 살아가는 하루하루가 힘겹기도 해서.

득안. 스무살 때 내 영혼이 들락거리던 그 작은 점자들에게로 돌아가 빛과 어둠에 관해 다시 물어보아야 할 것 같다.

북향 언덕의 토끼

　연초록빛이 마악 돋아나기 시작하는 봄언덕을 바라볼 때마다 생각나는 우화가 있다. 옛날에 남향의 따뜻한 언덕에 사는 토끼와 북향의 춥고 음산한 언덕에 사는 토끼가 있었다. 그 두 토끼 중 어느 토끼가 먼저 봄이 온 걸 알고 뛰어나올 것인가. 대부분 볕이 잘 드는 남향의 토끼가 먼저일 것이라고 생각할 것이다.

　그러나 추위와 굶주림에 지쳐 굴 밖을 내다보던 토끼의 눈에 무엇이 보였을까를 생각해보면 그 해답은 달라진다. 남향의 토끼는 건너편인 북쪽 비탈에 아직도 눈이 쌓여 있는 걸 보고 봄이 아직 멀었다고만 여겨 들어앉아 있었다. 반면 북향의 토끼는 남쪽 비탈에 피어난 파릇한 봄의 정경을 보고 껑충 뛰어나와 봄을 맞을 수 있었다는 것이다. 이 우화는 우선 인식과 발견의 상대성을 말해주는 듯하다. 사람은 누구나 자신의 환경에 대해 객관적일 수 없다. 자기를 둘러싼 환경은 늘 벗어나고 싶은 어떤 것이 되기 쉽고, 그래서 건너편 산자락의 풍경을 통해 봄을 느끼듯이 우리는 조금은 멀리 떨어져 있는 목표나 지향점을 바라보면서 어제와 오늘의 삶을 견딘다.

그러나 이 이야기에 나는 또하나의 해석을 덧붙여본다. 북향의 토끼가 겪어낸 추위와 굶주림이 그를 동굴 밖으로 나오게 했다고. 몸서리치는 겨울의 체험과 기억이 누구보다도 먼저 봄을 발견하게 해준 것이라고 말이다. 그렇지 않았다면 멀리 산자락을 보기 위해 동굴 입구를 서성거리지 않았을 것이고 구태여 봄을 기다릴 필요도 없었을 것이다.

그러면서 나는 보육원 울타리 속에서 유난히 길고 긴 겨울을 보내던 어린시절로 잠시 돌아가보기도 한다. 에덴보육원에서 가장 볕이 잘 드는 쪽은 식당 앞 공터였다. 우리가 옹기종기 기대어선 담벼락에는 겨우내 개나리가 몇 송이씩 피어났다 얼어버리곤 했다. 영양 상태가 그리 좋지 못했던 우리는 입가에 늘 부스럼딱지를 달고 다녔는데, 어떤 영양분보다 하늘이 보내주는 햇볕을 놓칠 수 없다는 듯이 우리는 식당 앞 양지에 늘상 죽치고 있었다. 마치 북향 언덕의 토끼들처럼.

왜 그리도 겨울은 길기만 하던지, 얼음이 반쯤 섞인 개울물을 떠다가 연탄불 위에 올려놓으며 왜 그리도 손 시려 했던지…… 떨어져나갈 것처럼 시린 손을 더운물에 담갔을 때 손끝이 막 저릿저릿하고 스멀거리는 것 같던 그 감각처럼, 봄이 오기 직전이라는 시간 속에는 어떤 근질거림이 숨어 있음이 분명하다.

겨울이 끝나갈 무렵 아이들은 추위와 지루함에 지쳐 무언가 새로운 일이 없을까 머리를 모으고 수군거렸다. 들릴 듯 말 듯 이따금 내 귀에 들려오던 말은 '토끼 잡으러 간다'는 말이었다. 이 추운 날씨에 대체 어디로 토끼를 잡으러 간단 말인가 의아해하던 나는 그 말이 '토낀다' 즉 '도망간다'는 뜻의 은어라는 걸 뒤늦게 알게 되었다. 그러고 나서 나의 마음에는 묘한 기다림이 자리잡게 되었다. 몇 몇의 얼굴이 얼마간 보이지 않을 때마다 나는 그 아이들이 어떤 모습의 토끼를 잡아올까 은근히 기대하곤 했던 것이다. 아니, 그 아이들 자체가 겨울 눈발을 헤치고 봄을 잡으러 간 토끼들이었는지도 모른다.

지금 그 아이들, 다 자라서 더이상 토끼 같은 거 쫓지 않고 살고 있겠지만, 나는 봄이 마악 시작될 무렵마다 그 식당 앞에서 재잘거리던 소리가 다시 들려오는 것 같은 착각에 빠지곤 한다. 해마다 봄볕은 막 피어오르는 아지랑이 속에 그때의 근질거림을 다시 풀어두고는 자꾸 어디론가 떠나라고 부추기는 것 같기도 하다. 어린 시절의 그 햇볕을 다시 한번만 쫼 수 있다면…… 그러나 변한 것은 햇볕이 아니라 우리의 겨울일 것이다.

영하 몇십도의 추위에도 온실 속에서 꽃들은 만개하고, 난방이 잘되는 아파트에서 짧은 소매를 입고 겨울을 나는 오늘날, 누구도 봄을 간절히 기다리지는 않는다. 온실의 안온함 속에서 북향 언덕의 토끼와 같은 봄의 파수꾼은 사라져버렸다. 여느 해처럼 겨울은 지나갔으나 겨울을 뼈저리게 겪어낸 이는 많지 않았다. 봄은 왔지만 그 소리없는 변화를 느끼기 어려운 불감증의 시대에 우리는 살고 있는 것이다.

이제 한점의 초록을 찾기 위해 황막한 언덕을 바라보고 또 바라보던 그때의 기억은 희미해져간다. 그러나 우리가 춥고 가난한 북향 언덕의 토끼였을 때, 좀처럼 찾아들지 않는 봄을 찾아 얼마나 멀리까지 뛰쳐나가곤 했던가. 그렇게 뛰어나가 맞이한 햇볕 한줌, 대지의 푸른 싹 하나에도 우리는 얼마나 눈부셔했던가.

실수

옛날 중국의 곽휘원(郭暉遠)이란 사람이 떨어져 살고 있는 아내에게 편지를 보냈는데, 그 편지를 받은 아내의 답시는 이러했다.

벽사창에 기대어 당신의 글월을 받으니
처음부터 끝까지 흰 종이뿐이옵니다.
아마도 당신께서 이몸을 그리워하심이
차라리 말 아니하려는 뜻임을 전하고자 하신 듯하여이다.

이 답시를 받고 어리둥절해진 곽휘원이 그제야 주위를 둘러보니, 아내에게 쓴 의례적인 문안 편지는 책상 위에 그대로 있는 게 아닌가. 아마도 그 옆에 있던 흰 종이를 편지인 줄 알고 잘못 넣어 보낸 것인 듯했다. 백지로 된 편지를 전해받은 아내는 처음엔 무슨 영문인가 싶었지만, 꿈보다 해몽이 좋다고 자신에 대한 그리움이 말로 다할 수 없음에 대한 고백으로 그 여백을 읽어내었다. 남편의 실수가 오히려 아내에게 깊고 그윽한 기쁨을 안겨준 것이다. 이렇게 실수는 때로 삶을 신선한 충격과 행복한 오해로 이끌곤 한다.

실수라면 나 역시 일가견이 있는 사람이다. 언젠가 비구니들이 사는 암자에서 하룻밤을 묵은 적이 있다. 다음날 아침 부스스해진 머리를 정돈하려고 하는데, 빗이 마땅히 눈에 띄지 않았다. 원래 여행할 때 빗이나 화장품을 찬찬히 챙겨가지고 다니는 성격이 아닌데다 그날은 아예 가방조차 가지고 있지 않았다. 그러던 중에 마침 노스님 한분이 나오시기에 나는 아무 생각도 없이 이렇게 여쭈었다.

"스님, 빗 좀 빌릴 수 있을까요?"

스님은 갑자기 당황한 얼굴로 나를 바라보셨다. 그제서야 파르라니 깎은 스님의 머리가 유난히 빛을 내며 내 눈에 들어왔다. 나는 거기가 비구니들만 사는 곳이라는 사실을 깜박 잊고 엉뚱한 주문을 한 것이었다. 본의 아니게 노스님을 놀린 것처럼 되어버려서 어쩔 줄 모르고 서 있는 나에게, 스님은 웃으시면서 저쪽 구석에 가방이 하나 있을 텐데 그 속에 빗이 있을지 모른다고 하셨다.

방 한구석에 놓인 체크무늬 여행가방을 찾아 막 열려고 하다보니 그 가방 위에는 먼지가 소복하게 쌓여 있었다. 적어도 오륙년은 손을 대지 않은 것처럼 보이는 그 가방은 아마도 누군가 산으로 들어오면서 챙겨 들고 온 세속의 짐이었음에 틀림없었다. 가방 속에는 과연 허름한 옷가지들과 빗이 한개 들어 있었다.

나는 그 빗으로 머리를 빗으면서 자꾸만 웃음이 나오는 걸 참을 수가 없었다. 절에서 빗을 찾은 나의 엉뚱함도 우물가에서 숭늉 찾는 격이려니와, 빗이라는 말 한마디에 그토록 당황하고 어리둥절해하던 노스님의 표정이 자꾸 생각나서였다. 그러나 그 순간 나는 보았다. 시간을 거슬러올라가 검은 머리칼이 있던, 빗을 썼던 그 까마득한 시절을 더듬고 있는 그분의 눈빛을. 이십년 또는 삼십년, 마치 물길을 거슬러올라가는 연어떼처럼 참으로 오랜 시간이 그 눈빛 위로 스쳐지나가는 듯했다. 그 순식간에 이루어진 회상의 끄트머리에는 그리움인지 무상함인지 모를 묘한 미소가 반짝 하고 빛났다. 나의 실수 한마디가 산사의 생활에 익숙해져 있던 그분의 잠든 시간을 흔들어 깨운 셈이니, 그걸로 작은 보시는 한 셈이라고 오히려 스스로를 위로해보기까지 했다.

이처럼 악의가 섞이지 않은 실수는 봐줄 만한 구석이 있다. 그래서인지 내가 번번이 저지르는 실수는 나를 곤경에 빠뜨리거나 어떤 관계를 불화로 이끌기보다는 의외의 수확이나 즐거움을 가져다줄 때가 많았다. 겉으로는 비교적 차분하고 꼼꼼해 보이는 인상이어서 나에게 긴장을 하던 상대방도 이내 나의 모자란 구석을 발견하고는 긴장을 푸는 때가 많았다. 또 실수로 인해 웃음을 터뜨리다보면 어색한 분위기가 가시고 초면에 쉽게 마음을 트게 되기도 했다. 그렇다고 이런 효과 때문에 상습적으로 실수를 반복하는 것은 아니지만, 한번 어디에 정신을 집중하면 나머지 일에 대해서 거의 백지 상태가 되는 버릇은 쉽사리 고쳐지지 않는다. 특히 풀리지 않는 글을 붙잡고 있거나 어떤 생각거리에 매달려 있는 동안 내가 생활에서 저지르는 사소한 실수들은 내 스스로도 어처구니가 없을 지경이다.

그러면 실수의 '어처구니없음'은 어디서 오는 것일까. 원래 어처구니란 엄청나게 큰 사람이나 큰 물건을 가리키는 뜻에서 비롯되었는데, 그것이 부정어와 함께 굳어지면서 어이없다는 뜻으로 쓰이게 되었다. 크다는 뜻 자체는 약화되고 그것이 크든 작든 우리가 가지고 있는 상상이나 상식에서 벗어난 경우를 지칭하게 된 것이다. 그러니 상상에 빠지기 좋아하고 상식으로부터 자유로워지려는 사람에게 어처구니없는 실수가 그림자처럼 따라다니는 것은 아주 자연스러운 일이다.

결국 실수는 삶과 정신의 여백에 해당한다. 그 여백마저 없다면 이 각박한 세상에서 어떻게 숨을 돌리며 살 수 있겠는가. 그리고 발빠르게 돌아가는 세상에 어떻게 휩쓸려가지 않고 남아 있을 수 있겠는가. 어쩌면 사람을 키우는 것은 능력이 아니라 실수의 힘일지도 모른다.

그러나 날이 갈수록 실수가 용납되는 땅은 점점 좁아지고 있다. 사소한 실수조차 짜증과 비난의 대상이 되기가 십상이다. 남의 실수를 웃으면서 눈감아주거나 그 실수가 나오는 내면의 풍경을 헤아려주는 사람을 만나기도 어려워져간다. 나 역시 스스로는 수많은 실수를 저지르고 살면서도 다른 사람의 실수에 대해서는 조급하게 굴거나 너그럽게 받아주지 못한 때가 적지 않았던 것 같다.

도대체 정신을 어디에 두고 사느냐는 말을 들을 때면 그 말에 무안해져 눈물이 핑 돌기도 하지만, 내 속의 어처구니는 머리를 디밀고 이렇게 소리치는 것이다. 정신과 마음은 내려놓고 살아야 한다고. 어디로 가는 줄도 모르고 뛰어가는 자신을 하루에도 몇번씩 세워두고 '우두커니' 있는 시간, 그 '우두커니' 속에 사는 '어처구니'를 많이 만들어내면서 살아야 한다고. 바로 그 실수가 곽휘원의 아내로 하여금 백지의 편지를 꽉찬 그리움으로 읽어내도록 했으며, 산사의 노스님으로 하여금 기억의 어둠속에서 빗 하나를 건져내도록 해주었다고 말이다.

이름이라는 것

고등학교 때 나는 문예반에 들어가 꼭 한달 만에 나오고 말았다. 지금 생각해보면 그저 웃음이 나올 뿐인데, 그때는 굉장히 심각하게 고민을 했던 것 같다. 첫 모임이 있던 날, 신입생인 우리에게 선배들은 "견습기간 중에는 너희들은 훈련받는 개와 다름없으니 모두 성을 개씨로 바꿔 말해보라"고 요구했다. 겁에 질린 아이들은 저마다 성을 개씨로 바꾸어 자기 소개를 했다. 그러나 나는 아무리 생각해도 그럴 수가 없었다. 내 차례가 되어 한참을 망설이다가 나는 내 이름 석 자를 또박또박 발음하고 말았다. 문예반실에는 아연 긴장이 감돌았고, 급기야 저쪽 책상에서 먹을 갈고 있던 선배가 먹물이 뚝뚝 떨어지는 먹을 나에게 던지는 것이었다. 그래도 그날은 그 정도로 끝이 났다.

다음날부터 시련의 연속이었다. 선배들의 주문은 훈련이라 생각하고 매일 글을 한 편씩 제출하라는 것이었다. 그리고 원고지에 이름을 쓸 때도 반드시 성을 개씨로 써야 한다고 했다. 억지로 글을 써야 한다는 것을 납득할 수 없었던 나는 글이 써지는 날에만 원고를 제출했다. 거기에도 물론 나는 내 이름 석 자를 그냥 적어 넣었다. 그런 오기의 대가는 참으로 혹독했으니, 문예반 청소는 물론 방과후에 토끼뜀뛰기를 이틀이 멀다 하고 해야 했다. 결국 더 견디지 못한 나는 선생님께 간곡히 말씀드려 문예반을 나오고 말았다. 문학소녀들의 치기어린 전통도 우스꽝스러운 것이었지만 그때 나는 왜 목숨이라도 걸 것처럼 내 성과 이름을 지키려 했는지 모르겠다.

나뿐 아니라 전통적으로 우리나라 사람들의 이름 석 자에 대한 애착은 거의 집착에 가깝다고 할 수 있다. 옛 사람들은 글 중간에 선친이나 임금의 이름자가 나오면 그 자를 피해 읽거나 쓰는 기휘(忌諱)의 풍속을 엄격하게 지켰다. 그들에게 있어 선친이나 임금의 이름은 소리내어 읽어서도 안될 만큼 절대적인 존재였던 것이다. 또한 이름에 따라 생명과 길흉이 좌우된다고 믿는 관습 때문에 아기가 태어나면 이름 짓는 일도 예사롭지 않았다.

이렇게 이름에 대해 강한 의미부여를 했던 것은 이름이 곧 삶이라고 굳게 믿는 명분론 때문이었으리라. 자신이 물려받은 이름은 자신뿐 아니라 가문을 대표하는 것이라고 여기는 공동체적 사고 또한 그 속엔 들어 있었다. 이름 하나에 너무도 많은 관계들이 내포되어 있었던 것이다. 그래서 어떤 이는 자신과 선친의 이름을 욕되지 않게 하기 위해 고난의 길을 자처하기도 했고, 어떤 이는 이름을 드날리기 위해 입신양명의 길을 추구하기도 했다. 이 모든 것이 이름 때문이었다. 그래서 이름의 무게는 때로 삶의 자유를 억압하는 요소로 작용하기도 했다.

그러나 요즘엔 이름이란 부르기 좋고 기억하기 쉬우면 되는 것 아니냐고 생각하는 사람들이 늘고 있다. 이름은 한 인간을 지시하는 기호 이상도 이하도 아니라는 관념이 자연스럽게 받아들여지고 있다. 그래서 고유한 이름 외에 독특한 예명을 따로 사용하는 예술가나 연예인들이 많고, 심지어 사업하는 사람도 명함에 새겨진 이름이 본명이 아닌 경우가 적지 않다.

컴퓨터 통신에 들어갈 때 사용하는 ID 역시 익명성을 보장해주는 이름이며, 아예 숫자나 기호가 이름을 대신하는 경우도 많아져간다. 더이상 이름에 자기의 전부를 거는 부담스러움을 갖지 않아도 된다. 이름은 변신의 필요에 따라 바꾸면 되고, 거기에 수반되는 고유성이나 책임감의 짐은 더이상 지지 않아도 좋다. 그러나 모니터 앞에 앉아 밤새 누군가와 이야기를 주고받았지만 사람을 만났다는 느낌보다 공허감이 몰려오는 것은 왜일까.

ID 뒤에 안전하게 숨어 가상 공간에 몸을 담고 있는 동안만은 외롭지 않다는 생각을 하고 자신이 정보화시대에 더이상 낡은 존재가 아니라는 일말의 위안도 가지게 되지만, 컴퓨터 화면에서 빛이 명멸하는 순간 그 가상 공간에서 관계를 맺었던 익명의 존재는 사라져버리고 만다. 이처럼 익명으로 맺어진 관계는 실명의 세계에서는 깨질 수밖에 없다. 실제로 컴퓨터 통신을 통해 알게 된 사람들이 만나서 데이트를 즐기기도 하고 동호회를 만들기도 한다. 그러나 가상 공간이 현실이라는 실제 공간으로 옮겨오면 대상에 대해 가지고 있던 과실재성(hyperreality)은 무너질 수밖에 없고, 결국 실망감은 빠른 속도로 다른 대상으로 대체된다. 우리는 매체의 도움으로 거대한 익명의 바다를 헤엄칠 수 있게 되었지만 그것은 인간과 인간의 진정한 관계를 어느정도 잃어버림으로써 얻어낸 자유일 뿐이다.

이름을 부른다는 것은 어떤 대상과 관계를 맺는 일이다. 그러므로 책임을 동반하지 않은 관계의 자유로움이 허구이듯이, 이름을 매개로 하지 않은 관계 또한 현실적 실감을 획득하기는 어렵다. 이름의 무게를 덜어낸다는 것은 나라는 존재의 무게를 덜어낸다는 말과 다르지 않기 때문이다.

어떤 대상을 이해한다는 것은 그것에 이름을 붙이는 일이라는 철학자의 말을 굳이 빌리지 않더라도, 이름이란 삶의 총체이자 증거와도 같은 것이며 나를 비로소 나이게 하는 정체성의 가장 중요한 상징이라고 나는 아직도 믿고 있다. 그런 점에서 나는 고등학교 1학년 때의 고지식함에서 한치도 벗어나지 못한 것 같다. 오히려 익명의 숲에서 스스로의 이름을 지우지 않으려는 오기는 그때보다 더 강해진 게 아닌가 싶다.

나는 지금 골목에 있다

북경에는 재미있는 골목 이름들이 많다고 한다. 금붕어골목, 아홉 번구부러진골목, 쌀시장골목, 부강골목…… 그 이름만으로도 나는 한번도 가보지 못한 그 골목들의 냄새를 알아차릴 수 있고, 눈에 선하게 떠올려볼 수 있다. 그리고 천안문광장으로 상징되는 중국의 역사가 실은 이런 무수한 골목들이 하나로 흘러들어 이루어진 것임을 알아차리게 된다. 골목은 공적인 공간과 사적인 공간을 연결하는 일종의 수로인 셈이다. 광장과 골목, 그것은 역사와 일상의 다른 이름이기도 하다.

지금 이 순간에도 쌀시장골목의 저울은 흔들리고 있을 것이고, 금붕어골목의 금붕어들은 비닐봉지나 플라스틱 어항에 담긴 채 어디론가 옮겨지고 있을 것이다. 그리고 그 흔들림과 출렁거림은 사람들의 웅성거림과 아이들 떠들어대는 소리에 묻혀 이내 보이지 않게 될 것이다. 하루하루 낙서가 늘어가는 담벼락에는 오줌냄새 역시 진해져갈 것이고, 골목을 비추는 가로등의 절반은 밤이 되어도 불이 들어오지 않거나 까물까물 시들어가고 있을 것이다.

이런 연상이 자연스럽게 이루어지는 것은 어느 나라나 골목의 풍경은 비슷하기 때문이다. 골목이 비슷하다는 말은 사람살이의 구체적인 모습이 크게 다르지 않다는 뜻이며, 우리가 국가나 언어의 경계를 뛰어넘어 문학을 공유할 수 있는 것도 바로 이러한 일상의 공유가 있기에 가능했을 것이다.

그러나 다시 생각해보면 골목에서의 일상이란 것도 이미 까마득한 기억 속의 일이다. 이제 현대인은 아파트와 대로로 구획된 도시 속에 갇힌 획일적인 삶을 일상이라고 부르게 되었으니 말이다. 골목다운 골목은 보기 어렵게 되었고, 남아 있다 해도 거대하고 잘 정돈된 도로망 뒤편에 마치 게릴라처럼 숨어 있을 뿐이다. 그것은 공적인 공간의 상실과도 무관하지 않아서, 단자화(單子化)된 개인은 광장으로 가는 통로를 잃고 자신의 밀실 속에 안주하며 살아가게 되었다. 현대적 개인은 어떤 종교적 정치적 억압으로부터도 자유로워진 대신 그 열려진 가능성을 무엇으로도 스스로 채워나갈 수 없다는 정신적 공백을 경험하고 있는 것이다.

앙리 르페브르의 말처럼 현대성과 일상성은 마치 동전의 양면처럼 우리 사회의 시대정신을 대변하고 있다. 이때 일상성이란 타인과의 건강한 소통과 공존이 더이상 불가능한 상태로서 "현대인들이 가장 지겨워하면서도 동시에 그것을 놓칠까봐 전전긍긍해하는 이상한 물건"이 된 것이다. 그러니 골목을 통해 일상을 노래한다는 것은 이미 오래 전에 사라진 목가(牧歌)에 불과한지도 모른다.

우리에게 현대적 풍경을 가장 먼저 보여주었다고 말해지는 보들레르 때만 해도 그러한 목가가 가능했던 것 같다. 보들레르가 프랑스 제2제정시대의 빠리에서 발견한 것은 화려하고 번성한 도시가 아니라 그 도시로부터 버림받은 사람들이었다. 시인은 새로 생겨난 까루젤 광장을 지나가면서도 그 풍경 너머로 "진을 친 판잣집들을 머릿속으로 보고 있을 뿐"이었다. 그는 기념비들과 동상이 줄지어 있는 커다란 광장이나 대로보다는 누추한 골목이나 오솔길, 외딴방 등을 주로 찾아다녔으며 거기서 현실의 리얼리티를 발견하려고 했다. 시장골목에 감도는 감자튀김의 냄새가 어떤 제사의 향기보다 그를 강하게 일깨웠으며, 길에서 마주친 노파의 눈동자가 그의 발길을 더 막다른 골목길로 접어들게 만들었다. 이 사소하고 보잘것없는 삶, 누추하고 음습한 그늘, 구토물로 뒤범벅이 된 "진창의 미로"가 바로 보들레르의 눈에 비친 빠리였고 삶이었던 것이다.

거기서 만난 노파들과 노름꾼들, 창녀들, 과부들, 병자들, 사기꾼들에 대해 그는 조롱과 멸시를 퍼붓지만, 동시에 그들과 일체가 되려는 갈망을 보여주고 있다. '인간의 숲'에서 뛰쳐나온 그는 고독의 방으로 돌아와 자물쇠를 두 번이나 채우고 중얼거린다. "마침내, 혼자가 되었군! 이제 몇시간 동안은 휴식까지는 아닐지라도 정적을 소유할 수 있겠지. 마침내! 인간 얼굴이라는 폭군은 사라지고……" 그러나 그는 다시 사람들의 거리로, 골목으로 돌아와 고백한다. "인간의 얼굴보다 더 큰 유혹은 없다"고. 그는 오스망에 의해 건설된 대도시의 변화와 자신의 고독한 방 사이에서, 일상의 팽팽한 긴장 속에서 '인간의 얼굴'을 발견했던 것이다.

보들레르를 현대적이라고 말하는 것은, 그가 도시적 풍경을 그렸다는 사실 자체보다도 도시가 주는 유혹과 환멸을 동시에 느끼고 그러한 혼돈에 충실했기 때문일 것이다. 「후광의 상실」이라는 시에서 시인은 말과 차들이 빠르게 달리는 도로를 가로질러 가다가 그만 머리의 후광을 잃어버리고 만다. 그는 시인의 후광을 상실하게 만든 대도시의 속도를 '움직이는 혼란'이라고 표현하면서, 현대 시인은 그러한 혼란 속에 스스로를 내던지는 자이며 동시에 그 속도에 대항하는 자라는 걸 보여주었다.

그로부터 한 세기가 훨씬 지난 오늘날, 20세기는 놀라운 진보를 이루어내면서 그 '움직이는 혼란'마저도 고도의 계획을 통해 정돈하고 합리화해내었다. 넘어져서 후광을 상실할 위험이 없을 만큼 인도와 차도는 잘 분리되어 있고, 자동차는 더이상 속도로 인간을 위협하는 것이 아니라 그 공포를 충분히 잊을 만큼 인간을 편리함에 동승시켰다. 거리의 진정한 주체가 된 자동차는 그의 필요에 따라 길을 확장하며 인간의 삶을 재편해나갔고, 자동차에게 있어서 골목길은 가장 불편하고 불필요한 길이 되어버렸다.

그럼에도 불구하고 나는 지금 골목에 있다. 신도시 아파트 그 수

많은 창문들 중 하나에 깃들여 살고 있고, 적어도 하루 두 번 버스를 타고 대로를 달리지만, 나의 마음은 늘 막다른 골목 어딘가를 더듬거리며 살고 있다. 이런 모순과 불화를 어떻게 설명해야 할까. 골목에 대한 집착은 과연 잃어버린 것에 대한 향수에 불과한 것일까. 도시의 일상성 속에 더이상 싹틔우기 어려운 공동체적 공간이 아직도 가능할 수 있다고 나는 맹목적인 강변이라도 하고 싶은 것일까. 그렇지 않다. 나는 골목을 도피하거나 돌아가야 할 어떤 곳이라기보다는 현실로 돌아오기 위해, 현실을 더 깊이 받아들이기 위해 아직은 망각해서는 안될 장소로 여기고 있을 따름이다. 내 안에 숨쉬고 있는 몇개의 골목들은 빠르게 지나가는 저 창밖의 풍경들에 대해 회의하게 만든다.

예컨대, 열살 무렵 서울에 올라와 자주 길을 잃어버리던 종암동의 골목길. 서울생활에 잘 적응하지 못했던 나는 육교를 두 번 건너서 학교에 가야 하는 일이 말할 수 없이 낯설고 힘들었다. 금방이라도 떨어질 것 같아 난간을 꼭 붙들고 엉금엉금 육교를 내려오던 어린아이에게 도시는 현기증과 멀미만을 안겨줄 뿐이었다. 그러다가 골목길로 접어들고 나면 왠지 집에 다 온 것 같은 안도감이 들어서, 반쯤 열린 낯선 나무대문 안으로 호기심어린 눈길을 던질 여유도 생겨나는 것이었다. 나는 공포감에 시달렸던 몸을 녹이는 것처럼 그 굽은 골목 여기저기를 오래오래 쏘다니곤 했다. 나는 골목에서 즐겨 길을 잃었고, 다 자란 뒤에도 누군가의 발꿈치를 따라 골목을 서성거리는 버릇이 오래도록 남아 있었다. 골목에 대한 남다른 애착은 그때의 서성거림이 가져다준 크고 작은 발견에서 비롯되었을 것이다.

또 80년대 후반 시청 앞 광장에서 최루탄 가스에 쫓겨 달리다가 접어든 어느 골목의 반쯤 열려 있던 셔터문을 잊지 못한다. 그 셔터문은 광장을 향해 귀를 열어놓고 누군가를 도와주기 위해, 쫓기는 사람들을 받아주기 위해 열려 있었다. 연일 계속되는 시위에 가게 문을 닫고 지내다시피 했지만, 그것이 자신의 생존을 방해하는 것이 아니라 자신의 자유와 직결된 싸움이기도 하다는 것을 그 골목의 주인들은 공감하고 있었다. 지금으로부터 그리 멀지 않은 그 시절, 사람들은 물방울처럼 합쳐져 거대한 분수를 이루기도 하고, 골목이라는 수로를 따라 다시 일상으로 흘러들기도 했다.

그리고 나는 90년대 전반기의 몇년을, 재개발로 갈 데가 없어진 철거민들이 모여살던 신정 6-1지구 옆에 새로 지어진 아파트에 세 들어 산 적이 있다. 아침저녁으로 그 좁고 어두운 골목을 지나 아파트로 들어오면서 나는 내 잠자리에 대한 불편함과 우리 사회의 불평등에 대한 분노를 동시에 느끼지 않을 수 없었다. 그러한 이중적인 갈등이 나로 하여금 그 골목이 풍기는 가난의 냄새에 대해 킁킁거리게 만들었고, 끊임없이 그들의 삶에 눈길을 빼앗기도록 만들었다. 그러던 어느날 새벽, 철거반과 깡패들에 의해 골목은 점령당하고, 포크레인은 마치 종이상자를 부수듯 너무도 간단하게 그들이 살던 가건물들을 무너뜨렸다. 그 폐허 위에 불이 질러지고, 길가의 플라타너스들은 여름날이었지만 하루 종일 자욱한 연기와 불길 속에서 누렇게 시들어갔다. 이 모든 광경을 나는 아파트 9층에서 내려다보고 있었다. 속수무책 바라보고만 있었다. 아니, 울음을 터뜨리며 아무리 외면하려고 해도 아파트의 넓은 유리창은 그 문명과 자본의 폭력으로부터 나를 숨겨주지 않았다. 그것은 80년대 나를 숨겨주었던 셔터문이 닫혀버리고 마지막 남은 골목의 기억마저 앗아가버린 체험이었다. 왜소하고 왜소한, 개인으로 남겨진 자신에 대한 씁쓸한 확인의 순간이었다.

그 골목들의 기억이 오늘의 나를 살게 한다. 두 발로는 잘 포장된 도로를 밟고 살지만, 나는 그 위에 흙먼지 날리고 밥 태우는 냄새가 흘러나오던 골목길, 최루탄 가스에 쫓겨 몸을 숨기던 골목길, 포크레인과 불길에 처참하게 짓밟혀 사라진 골목길, 그 골목들을 겹쳐 누이면서, 아니 일으키면서 걸어간다. 완강하게 포장된 아스팔트 아래 침묵하고 있는 그 시간들을, 그리고 그 지층 속에 살아 있는 '인간의 얼굴'들을 불러내기 위해. 그 골목들에서 느껴지던 막다름과 가난함, 그것이 내 문학의 자리라고 여겨왔고 앞으로도 그럴 것이다. 현대문명이 모든 골목을 사라져버리게 한 뒤에라도, 시인은 그 사라져가는 것들을 기억하고 복원해야 할 의무와 권리를 가지고 있다. 보들레르가 새로 생겨난 까루젤 광장을 지나가면서도 그 너머로 판잣집들이 늘어선 골목을 떠올렸던 것처럼. 그것은 잃어버린 것에 대한 단순한 그리움이라기보다는, 우리의 삶이 어디서부터 시작되었고 어디서부터 변화되기 시작했는가를 묻는 질문과도 같은 것이므로.

내가 밟고 가는 현실과 내가 안고 가는 기억, 그 사이에 문학은 있다. 내가 몸을 실은 속도와 그것에 대항하는 또하나의 속도, 그 불안정함, 그 불협화음에 시는 간신히 있다. 골목이라는 말이 던지는 향수와 환멸을 동시에 끌어안고 불가능한 목가를 부르는 존재가 시인이라고 나는 아직 믿고 있다. 적어도 그 목가가 속도의 위험으로부터 벗어나 안온하게 자신을 지키려는 수단으로서가 아니라, 그 속도 속에 스스로를 던지기 위한 기투(企投)일 수 있다면.

제2부
나무들

내가 잃어버린 나무들

　그 집에는 자그마한 뜰이 있었다. 처음으로 집을 장만했다는 기쁨보다도 무언가 심고 가꿀 수 있는 몇평의 땅이 생겼다는 기쁨이 내게는 더 컸다. 그곳엔 이미 목련, 라일락, 감나무, 대추나무, 장미 등이 한두 그루씩 심어져 있었다. 그 나무들이 서로 썩 어울리는 편은 아니었지만 그래도 크고 작은 그늘을 만들며 기대어 있는 모습이 보기 좋았다. 어디서나 볼 수 있는 흔한 그 나무들은 이제 내 뜰에 있다는 이유만으로 내게 특별한 존재로 자리잡기 시작했다.
　시간이 날 때마다 나는 그 나무들을 돌보았다. 이파리만 무성하고 열매가 부실한 감나무 아래에는 거름을 넉넉히 넣어주고, 웃자란 라일락 가지들은 전지를 해주고, 장미는 베란다 쪽으로 넝쿨을 올려주었다. 계절이 바뀔 때마다 쥐똥나무 울타리를 가지런하게 잘라주는 일도 잊지 않았다. 반 넘게 말라버린 목련나무는 남은 부분을 살려내느라 얼마나 애를 태웠는지 모른다. 겨울을 보내고 난 어느날 마른 가지 위로 단 한 송이의 목련이 피어났을 때, 내게는 그 한 송이가 다른 뜰의 수백 송이 꽃보다 더 눈물겹게 아름다웠다.

나무에 쏟은 내 정성도 적지 않은 것이었지만, 그 나무들이 내게 준 위안과 기쁨은 그보다 훨씬 컸다. 그 그늘 아래서 풀을 뽑아주고 벌레를 잡아주고 있노라면 시름도 불안도 그렇게 뜰 밖으로 던져지곤 했으니까. 한편으로는 어디론가 자꾸만 달아나려는 내 마음을 그 뿌리들 속에 붙잡아매려는 안간힘 같은 것이 있었는지도 모르겠다. 그렇지 않았다면 왜 그토록 나무 몇그루에 애착을 넘어선 집착을 보였겠는가. 몇송이의 꽃과 몇줌의 열매, 그리고 향기와 그늘을 내어주던 그 나무들이 내게는 하나의 피난처처럼 느껴지던 무렵이었다. 그러면서 생각했다. 나에게 그런 그늘과 향기를 준 사람, 그러니까 그 나무들을 여기에 처음 심은 사람은 누구였을까, 하고.

그럴 때마다 나는 장 지오노의 소설 『나무를 심은 사람』을 떠올렸다. 프로방스 지방의 황무지에 하루도 쉬지 않고 떡갈나무와 자작나무를 심었던 엘제아르 부피에. 아내와 아들을 잃은 그가 참담한 고독 속에서 뿌려낸 씨앗은 황무지를 풍요로운 숲과 마을로 변화시켜 놓았다. 자신이 나무를 심고 씨를 뿌리는 땅이 누구의 소유인지는 그에게 그리 중요한 문제가 아니었다. 다만 자신을 버텨내고 세계를 살릴 수 있는 방법으로 그는 나무 심는 일을 선택했던 것이다.

이처럼 나무를 심는다는 것은 당장 자기가 무엇을 얻고 누리기 위해서가 아니라 먼 훗날의 다른 누군가를 위해서 하는 일이다. 나무를 가꾸는 동안의 수고로움 역시 그 아름다움이 굳이 자기의 것이 아니어도 좋다는 생각에서 비롯된다. 사람이 나무보다 아름다워지는 때가 있다면 바로 그런 순간일 것이다.

그러나 나는 내가 덜 불행해지려고 나무를 가꾸었던 것 같다. 마음에 잔뜩 품고 있는 독을 중화시키고 내 병을 대신 앓게 하려고 그 푸른 것들에 머물렀던 것만 같다. 엘제아르 부피에처럼 처음 그 나무들을 심은 누군가를 생각하면서 나는 내 집착의 뿌리를 서서히 더듬기 시작했다.

그런데 뜰에 대한 집착을 스스로 버리기도 전에 우리 식구는 그 집을 떠나게 되고 말았다. 일년 남짓이나 살았을까, 갑자기 닥친 빚 때문에 집을 포기해야만 했을 때, 나에게 가장 포기가 안되는 것은 집보다도 그동안 정들여 키운 나무들이었다. 그 봄날 내 주머니에는 삼만원이 남아 있을 따름이었다. 그런데 무슨 결심이라도 한 사람처럼 나는 나가서 이만오천원하는 살구나무 한 그루를 사가지고 돌아왔다. 나는 살구나무가 아니라 이만오천원짜리 '희망' 한 그루를 내 뜰에 옮겨 심고 싶었으리라. 그 살구나무 한 그루를 땅에 꽂음으로써 스스로를 버텨내고 싶었으리라.

나는 그제서야 엘제아르 부피에를 이해할 것 같았다. 모든 걸 잃어버렸다는 생각이 들 때, 자신이 살아 있다는 것을 어떤 식으로든 확인하지 않고는 견딜 수 없을 때, 사람은 스스로를 포기하지 않기 위해 나무를 심는다는 것을. 엘제아르 부피에로 하여금 나무를 심게 한 것은 어떤 거창한 목표나 선견지명이 아니라 모든 것을 잃은 자의 절망과 고독이었다는 것을. 그리고 간절히 믿고 싶었다. 엘제아르 부피에가 심은 떡갈나무가 그랬던 것처럼 이 살구나무 한 그루가 잘 커나가기를.

살구나무 묘목에는 벌써 흰 꽃망울들이 자잘하게 맺혀 있었다. 그러나 뿌리를 제대로 못 내렸는지 꽃망울들은 활짝 펴보지도 못하고 땅에 우수수 떨어져내리고 말았다. 우리 식구는 결국 여름이 시작될 무렵 그 집을 떠나게 되었고, 살구나무는 거기 남게 되었다. 이삿짐을 싣고 떠나기 전 마지막으로 돌아본 살구나무의 모습이 아직도 눈에 선하다. 나도 모르게 눈에 그렁 고이던 눈물. 돌아올 거라고, 다시 돌아와 얼마나 자랐는지 만져볼 거라고 중얼거리며 돌아서던 내 뒷모습을 그 나무는 보고 있었을까.

그후로 마치 식구 하나를 남겨두고 온 것처럼 이따금 그 나무의 안부가 궁금해지고는 한다. 처음엔 과일가게에서 노란 살구를 보고도 마음이 울컥해서 한참을 그 앞에서 머뭇거린 때도 있었다. 그러나 시간이 지나고 마음이 그 뜰에서 멀어질수록 살구나무 생각이 그리 고통스럽지만은 않았다. 지금쯤 꽃이 피었겠지…… 올해는 그래도 열매를 꽤 달지 않았을까…… 꼭 내 뜰에서가 아니더라도 그곳에 잘 뿌리내려 꽃과 열매를 전해주기를…… 누군가의 마음을 환하고 서늘하게 만들어주기를…… 그래야 너와 더불어 살던 이만오천원짜리 내 희망도 꿋꿋하게 살아 있을 테니까.

조그마한 뜰을 잃어버리고 나서야 나는 모든 땅이 내가 씨 뿌리고 일구어야 할 터전임을 알게 되었다. 그토록 편애하던 나무들을 잃어버리고 나서야 나는 더 많은 나무들을 얻게 되었다. 이제 세상에 살아 있는 모든 나무들이 내 나무인 것 같다. 아니 죽어가는, 죽어 있는 나무들조차 나와 무관한 존재가 아니라는 생각이 든다.

산 나무와 죽은 나무의 향기. 그것은 나무 자체가 가지고 있는 향기이면서 동시에 나무를 심고 만지는 인간의 손끝에서 나온 향기이기도 하다. 내가 떠나온 집, 내가 잃어버린 나무들. 그러나 나는 그들을 잃어버리지 않았다. 그들은 나보다 더 오래 그 자리에 남아 햇빛을 향해 몸을 기울일 것이기에.

내 유년의 울타리는 탱자나무였다

어린 시절 내 손에는 으레 탱자 한두 개가 쥐어져 있고는 했다. 탱자가 물렁물렁해질 때까지 쥐고 다니는 버릇이 있어서 내 손에서는 늘 탱자 냄새가 났었다. 크고 노랗게 잘 익은 것은 먹기도 했지만, 아이들은 먹지도 못할 푸르스름한 탱자들을 일없이 따다가 아무 데나 던져놓고는 했다. 나 역시 그런 아이들 중 하나였는데, 그렇게 따도 따도 탱자가 남아돌 만큼 내가 살던 마을에는 집집마다 탱자나무 울타리가 많았다.

지금도 고향, 하면 탱자의 시큼한 맛, 탱자처럼 노랗게 된 손바닥, 오래 남아 있던 탱자 냄새 같은 것이 먼저 떠오른다. 그리고 뾰족한 탱자가시에 침을 발라 손바닥에도 붙이고 코에도 붙이고 놀던 생각이 난다. 가시를 붙인 손으로 악수하자고 해서 친구를 놀려주던 놀이가 우리들 사이에 한창인 때도 있었다. 자그마한 소읍에서 자라나는 아이들이 할 수 있는 놀이란 고작 그런 것이었다.

그래서 탱자가시에 찔리곤 하는 것이 예사였는데, 한번은 가시 박힌 자리가 성이 나 손이 퉁퉁 부었던 적이 있다. 벌겋게 부어오른 상처를 보면서 나는 생각했다. 왜 탱자나무에는 가시가 있는 것일까. 그리고 찔레꽃, 장미꽃, 아카시아…… 가시를 가진 꽃이나 나무들을 차례로 꼽아보았다. 그 가시들에는 아마 독이 들어 있을 거라고 혼자 멋대로 단정해버리기도 했다.

얼마 후에 아버지는 내게 가르쳐주셨다. 가시에 독이 있는 것은 아니고, 그저 아름다운 꽃과 열매를 지키기 위해 그런 나무들에는 가시가 있는 거라고. 다른 나무들은 가시 대신 냄새가 지독한 것도 있고, 나뭇잎이 아주 써서 먹을 수 없거나 열매에 독성이 있는 것도 있고, 모습이 아주 흉하게 생긴 것도 있고…… 이렇게 살아 있는 생명에게는 자기를 지킬 수 있는 힘이 하나씩 주어져 있다고.

그러던 어느날 탱자 꽃잎을 보다가 스스로의 가시에 찔린 흔적을 발견하게 되었다. 바람에 흔들리다가 제 가시에 쓸렸으리라. 스스로를 지키기 위해 주어진 가시가 때로는 스스로를 찌르기도 한다는 사실에 나는 알 수 없는 슬픔을 느꼈다. 그걸 어렴풋하게 느낄 무렵, 소읍에서의 내 유년은 끝나가고 있었다.

언제부턴가 내 손에는 더이상 둥글고 향긋한 탱자 열매가 들어 있지 않게 되었다. 그 손에는 무거운 책가방과 영어단어장이, 그 다음에는 누군가를 향해 던지는 돌멩이가, 때로는 술잔이 들려 있곤 했다. 친구나 애인의 따뜻한 손을 잡고 다니던 때도 없지는 않았지만, 그후로 무거운 장바구니, 빨랫감, 행주나 걸레 같은 것을 들고 있을 때가 더 많았다.

생활의 짐은 한번도 더 가벼워진 적이 없으며, 그러는 동안 내 속에는 날카로운 가시들이 자라나기 시작했다. 가시는 꽃과 나무에게만 있는 것이 아니었다. 세상에, 또는 스스로에게 수없이 찔리면서 사람은 누구나 제 속에 자라나는 가시를 발견하게 된다. 한번 심어지고 나면 쉽게 뽑아낼 수 없는 탱자나무 같은 것이 마음에 자리잡고 있다는 것을, 뽑아내려고 몸부림칠수록 가시는 더 아프게 자신을 찔러댄다는 것을 알게 되었다. 그후로 내내 크고 작은 가시들이 나를 키웠다.

아무리 행복해 보이는 사람에게도 그를 괴롭히는 가시는 있기 마련이다. 어떤 사람에게는 용모나 육체적인 장애가 가시가 되기도 하고, 어떤 사람에게는 가난한 환경이 가시가 되기도 한다. 나약하고 내성적인 성격이 가시가 되기도 하고, 원하는 재능이 없다는 것이 가시가 되기도 한다. 그리고 그 가시 때문에 오래도록 괴로워하고 삶을 혐오하게 되기도 한다.

로트렉이라는 화가는 부유한 귀족의 아들이었지만 사고로 인해 두 다리를 차례로 다쳤다. 그로 인해 다른 사람보다 다리가 자유롭지 못했고 다리 한쪽이 좀 짧았다고 한다. 다리 때문에 비관한 그는 방탕한 생활 끝에 결국 창녀촌에서 불우한 생을 마감했다. 그러나 그런 절망 속에서 그렸던 그림들은 아직까지 남아서 전해진다.

"내 다리 한쪽이 짧지 않았더라면 나는 그림을 그리지 않았을 것이다"라고 그는 말한 적이 있다. 그에게 있어서 가시는 바로 남들보다 약간 짧은 다리 한쪽이었던 것이다.

로트렉의 그림만이 아니라, 우리가 오래 고통받아온 것이 오히려 존재를 들어올리는 힘이 되곤 하는 것을 겪곤 한다. 그러니 가시 자체가 무엇인가 하는 것은 그리 중요한 문제가 아닐지도 모른다. 어차피 뺄 수 없는 삶의 가시라면 그것을 어떻게 받아들이고 다스려 나가느냐가 더 중요하지 않을까 싶다. 그것마저 없었다면 우리는 인생이라는 잔을 얼마나 쉽게 마셔버렸을 것인가. 인생의 소중함과 고통의 깊이를 채 알기도 전에 얼마나 웃자라버렸을 것인가.

실제로 너무 아름답거나 너무 부유하거나 너무 강하거나 너무 재능이 많은 것이 오히려 삶을 망가뜨리는 경우를 자주 보게 된다. 그런 점에서 사람에게 주어진 고통, 그 날카로운 가시야말로 그를 참으로 겸허하게 만들어줄 선물일 수도 있다. 그리고 뽑혀지기를 간절히 바라는 가시야말로 우리가 더 깊이 끌어안고 살아야 할 존재인지도 모른다.

가시 박힌 상처가 벌겋게 부어올라 마음이 쉽게 가라앉지 않는 날, 나는 고향의 탱자나무 울타리를 떠올리곤 한다. 둥근 탱자를 손에 쥐고 다니던 그때, 탱자가시로 장난을 치곤 하던 그때, 내 삶에 이런 가시들이 돋아나리라고는 짐작조차 할 수 없었던 그때…… 그 평화롭던 유년의 울타리가 탱자나무로 되어 있었다는 사실이 내게는 어떤 전언처럼 받아들여진다.

내게 열매와 꽃과 가시를 처음으로 가르쳐준 나무. 내가 살아가면서 잃어버려야 할 것과 지켜가야 할 것을 동시에 보여준 나무. 그러면서 나와 함께 좁은 나이테를 늘려가고 있을 탱자나무. 눈앞에 그 짙푸른 탱자나무를 떠올리고 있으면 부어오른 마음도 조금은 가라앉게 되는 것이다.

언젠가 탱자나무 울타리를 다시 지나게 된다면…… 아마도 나는 그 사이에 더 굵어진 가시들을 조심조심 어루만지면서 무어라 중얼거릴 것이다. 그러고는 오래 전에 잃어버린 탱자 한알을 슬그머니 따서 주머니에 넣고는 그 푸른 울타리를 총총히 떠날 것이다. 만일 가시들 사이에서 키워낸 그 향기로운 열매를 내게도 허락해준다면.

새장 속의 동백꽃

　겨울과 봄 사이를 제 붉은 몸으로 잇기라도 하려는 듯 피어나는 꽃이 있다. 동백. 눈이 미처 녹기도 전에, 벌과 나비가 날아오기도 전에 피어나는 동백은 그래서 왠지 꽃이 아닌 느낌조차 들기도 한다. 이른봄, 벌과 나비 대신에 동백꽃 그늘에는 동박새라는 아주 작은 새들이 부지런히 드나들며 꽃가루를 옮겨준다. 그 새들의 무게를 감당하기 위해 동백의 꽃잎은 그렇게 크고 도타운 통꽃의 모양을 지닌 것이라고 하니, 자연의 조화란 참으로 신기하기만 하다.

　동백은 피어 있을 때만 아름다운 것이 아니라 꽃이 질 때 또한 아름답다. 아니, 꽃이 지는 그 한순간——채 시들기도 전에 그 빛깔 그대로 온몸을 던지듯 떨어져내리는 모습이란 죽음이 삶보다 아름다울 수 있음을 말해주는 것만 같다. 선운사에 가신 적이 있나요. 바람 불어 설운 날에 말이에요. 동백꽃을 보신 적이 있나요. 눈물처럼 후두두 지는 그 꽃 말이에요. 이 노랫말처럼 그야말로 후두두, 눈물처럼 진다. 누군가 짙은 한숨을 마지막으로 토해내듯이 동백은 진다.

　선운사 뒤뜰의 동백꽃들이 까마득한 흙 위로 몸을 던지는 날에 사람들은 떨어진 동백을 주워 그 꽃의 넋에 소원을 실어 보낸다 한다. 그런 애절함이 배어 있는 꽃을 마음에 그리고 있던 나는 어느날 선운사에 갔다가 동백에 대한 환상이 깨어지는 씁쓸함을 맛볼 수밖에 없었다.

　선운사 고랑으로
　선운사 동백꽃을 보러 갔더니
　동백꽃은 아직 일러 피지 않았고
　막걸릿집 여자의 육자배기 가락에
　작년 것만 오히려 남았습디다.
　그것도 목이 쉬어 남았습디다.

　　　　　　　　　　　　　──「禪雲寺 洞口」 전문

　서정주의 이 시 때문이었을까, 동백이 피는 때를 맞춘다는 게 너무 늦어버린 것이다. 소담한 동백 대신 선운사 동구부터 시작된 화사한 벚꽃의 터널이 눈이 아릴 지경이었다. 선운사 뒤뜰의 동백은 아직 피어 있긴 했으나 마치 벚꽃의 난장(亂場) 속에 간신히 더부살이하는 신세처럼 초라하기만 했다. 갈수록 이상고온 현상이 심해진다고 하지만 동백이 벚꽃과 뒤섞여 피어나다니, 너무한 세상 아닌가.

제주도에 가면 동백나무가 가로수로 심어져 있을 만큼 흔하다. 그래서 동백을 만났을 때의 반가움 또한 조금은 줄어들 수밖에 없지만, 그렇다고 겨울 제주도의 운치에서 동백을 빼놓을 수는 없다.

천지연 폭포에 도착했을 때, 그곳에도 역시 폭포의 물줄기를 따라 동백이 자라고 있고 물 위로 동박새가 빠르게 날아다니고 있었다. 그런데 유원지 입구에 관광 안내용으로 만들어놓은 커다란 새장 하나가 눈에 들어왔다. 마치 쇼윈도우에 마네킹이 옷을 입고 있는 것처럼, 그 속에는 동백나무 두 그루가 심어져 있고 여남은 마리의 동박새들이 종종거리고 있었다. 그 철망 속에서도 동백나무는 꽃송이들을 꽤 많이 달고 있었다.

그런데 동박새들은 동백꽃 속을 드나드는 게 아니라 조련사가 나뭇가지에 꽂아놓은 사과조각만 쪼아먹고 있는 게 아닌가. 동백꽃들 사이로 이미 다 파먹고 난 사과껍질들이 여기저기 널려 있었다. 나는 새들의 무수한 입질을 바라보면서, 그 부리들이 쪼고 있는 것은 사과의 살이 아니라 시들어가는 자신의 육체가 아닐까 생각했다. 그리고 누구도 깃들이지 않는 동백꽃은 그저 멍하니 눈동자를 잃은 사람처럼 자신을 열어두고 있었다.

날기를 멈춘 새는 더이상 새가 아니듯이 아무도 꿀을 따가거나 꽃가루를 옮겨주지 않는 꽃도 이미 꽃이 아니다. 새장 속에서 자유를 잃어버린 채 하루하루 생명력을 소진하며 시들어가는 그 꽃과 새를 바라보면서 내 자신의 삶이, 그리고 도시에 살아가는 많은 사람들의 삶이 저 살아 있는 박제와 다를 바 없다는 생각을 했다.

그후로 내 마음속의 동백은 상처와도 같이 남아 있다. 피는 듯이 피고, 지는 듯이 질 수 있는 정열이 식어버린 삶. 새장 밖에 서서 나는 가슴이 아파왔지만, 나의 삶은 새장 밖에 있는 게 아니었다. 물 위를 힘차게 차고 오르는 새가 그걸 알려주었다.

어떤 우주

개미야, 안녕!

나는 인간이라는 벌레 중 하나란다.

「마이크로코스모스」란 영화를 보고 몇자 적으려는데, 누구에게 쓸까 망설이다가 제일 익숙한 너에게 쓰기로 했어. 물론 너를 선택한 것은 익숙하기 때문만은 아니야. 어릴 때부터 개미집을 그냥 지나치지 못한 나였고, 얼마 전에도 브라질의 밀림지역에서 꽤 큰 개미집을 건드렸다가 아주 혼이 난 경험이 있기 때문이지. 순식간에 몇군데나 물렸는데, 그 상처가 며칠씩 붓고 쑤시는 걸 보면서, 나는 그 독(毒)이 바로 너의 언어라는 생각을 했어. 바로 그 힘으로 1억년 이상을 지구에서 생존해온 너희들이 늦깎이로 와서 지구의 주인을 자처하는 우리 인간들에게 보내는 메시지가 아닐까 하고 말야.

시인들은 아직도 너희들과 대화할 수 있다고 믿는 자들이지. 『자연의 언어』라는 책을 쓴 장 마리 펠뜨라는 사람은 실제로 나무와 포옹하고 대화도 나눈다고 하던데, 그 정도까지는 아니지만 어떤 방식으로든 자연과 교감하고 소통하는 존재들이라고 할 수 있을 거야. 물론 자연에서 아름다운 노래만을 듣는 것은 아니지. 너희들의 세계에도 생존을 위한 투쟁이 있고, 이기적이라고 할 만큼 강렬한 종족보존의 본능이 있을 테니까. 또 탄생의 환희가 있는가 하면 처절한 패배와 죽음 또한 기다리고 있겠지.

「마이크로코스모스」는 그 모든 것들이 벌어지고 있는 어떤 숲을 확대해서 우리에게 보여주었어. 화면이 확대되어갈수록 우리의 존재는 작아지고 작아져서 물 한방울 속에도 들어갈 수 있을 것 같더구나. 현대의 제작기술로는 정말 못할 게 없겠구나 하는 생각도 들었고, 영화를 만드는 인간 중에 그런 대화가 아직 가능하다고 믿는 이가 있다는 것이 우선 반갑게 느껴졌어.

단순한 관찰을 넘어선 자연과의 대화. 그것이 어찌 기술만으로 가능한 일이었겠니? 15년의 연구, 12권의 관찰일지, 3년간의 촬영. 이런 얘기들을 굳이 내세우지 않더라도, 이 영화 하나를 만들기 위한 공력과 기다림이 어느 정도였는지 짐작이 가고도 남아.

자연은 아무에게나 자신을 드러내지 않는 법이지. 오래 기다리며 지켜보는 자에게만, 몸을 낮추고 귀를 기울이는 자에게만 그 신비의 베일을 조금씩 벗겨주니까 말야. 쇠똥구리의 눈물겨운 집념, 사슴벌레의 처절한 결투, 달팽이들의 관능적인 사랑, 나비들의 황홀한 변태, 잠자리들의 공중교미, 늙은 장구벌레의 죽음과 새로운 모기의 탄생, 그리고 너희 개미들의 조직적인 협동력…… 그 장면들이 파노라마처럼 펼쳐지는 숲의 하루 속에는 우리 인생의 모든 것이 다

들어 있다는 생각이 새삼 들더구나.

그리고 그 고요한 숲은 크고 작은 소리들로 가득 차서 매순간 새로운 교향곡을 들려주는 것 같았어. 평소에는 잘 들리지 않던 파리나 벌의 웅웅거리는 소리가 어찌나 크게 들리던지…… 내가 알기로는 인간이 들을 수 있는 음역은 한정되어 있어서 20Hz 이하의 소리는 들을 수가 없다고 해. 너희들이 내는 소리와 진동은 대부분 그보다 낮기 때문에 평소에는 잘 들을 수가 없지. 특히 소음으로 가득 찬 인간세상에서는 더욱. 그러니까 그런 소리들에 귀를 기울인다는 것은 결국 침묵을 향해, 또는 자기 내면을 향해 귀를 기울인다는 뜻도 될 거야. 그런 침묵이 없이는 너희들과의 소통이나 교감도 불가능할 것이라는 생각도 들고.

그런 너희들의 소리와 모습을 80분의 영화에 담기 위해 인간이 3년의 시간을 바쳤다는 걸 안다면, 너희 곤충들은 어떻게 생각할까. 개미의 하루와 인간의 3년. 맞바꾼다 하더라도 그리 억울할 것은 없겠지. 개미에게는 개미의 시간이 있고, 개구리에게는 개구리의 시간이 있고, 인간에게는 인간의 시간이 있을 테니까. 그러니 너희의 하루가 우리가 보내는 몇년보다 훨씬 긴 시간일 수도 있을 거야. 밤이 되면 울기 시작하는 개구리의 눈 속에 비친 달의 모습, 너도 생각나니? 그 둥글고 빛나는 눈 속의 달은 굉장히 오래된 것처럼 보였어. 마치 태곳적부터 그 눈동자 속에 있었던 것처럼 말야. 만일 인간이 하루 24시간이라는 물리적인 시간의 틀과 모든 걸 다 알고 있다는 자만심을 벗어던질 수만 있다면, 우리 역시 그 눈동자 속의 시간을 이해할 수 있을지도 모르지.

월든 호숫가에서 혼자 살았던 소로우도 그런 인간 중 하나였지. 그가 쓴 『월든』에는 이런 얘기가 나와. 어떤 농가의 부엌에 60년 동안이나 놓여 있던 탁자의 나뭇결 속에서 어느날 아름다운 벌레가 부화되어 나왔는데, 그 벌레가 판자를 갉으며 밖으로 나오는 소리가 수주일 전부터 들렸다는 거야. 그 생명체의 탄생을 두고 소로우는 이렇게 말했어.

"단순한 시간의 경과만 가지고서는 결코 동트게 할 수 없는 아침이란 바로 이러한 것이다. 우리의 시력을 잃어버리게 하는 빛은 우리에겐 어둠에 지나지 않는다. 우리가 깨어서 기다리는 그날에만 동이 트는 것이다. 동이 트는 날은 또 있다. 태양은 단지 아침에 떠오르는 별에 지나지 않는다."

너희들 세계에서 하루와 60년의 구별은 별 의미가 없을지도 몰라. 중요한 것은 시간의 침묵을 깨고 얼마나 새롭게 다시 태어날 수 있는가 하는 것이겠지. 아무리 60년, 또는 그 이상을 산다 해도 스스로를 동트게 할 수 없는 자에게 그 긴 시간은 어둠 이상이 되지 못한다는 걸 그는 그 작은 생명체의 탄생 속에서 깨달았을 거야. 내가 「마이크로코스모스」를 보면서 발견할 수 있었던 것도 그렇게 기적과도 같이 찾아오는 탄생과 죽음, 아침과 밤이었단다.

마지막으로 제목 얘긴데, 「마이크로코스모스」 하면 '작은 우주'라는 뜻이잖아. 그런데 이 제목은 아직도 인간중심의 기준을 완전히 버리지 못했다는 인상을 주기도 해. 인간 역시 아주 큰 세계의 눈으로 보면 눈에 보이지도 않는 작은 티끌에 불과할 텐데 말야. 차라리 '어떤 우주'라고 붙이면 어떨까. 공존하는 여러 우주 중의 하나, 그것만으로도 우주 자체가 될 수 있는 세계라는 의미에서.

단순히 작은 세계를 현미경으로 들여다보는 신기함 정도를 제공하는 영화라기보다는 인간의 눈 자체를 변화시키는 일이 이 영화의 몫이라는 생각이 들어. 그동안 인간에게는 너무 거대한 것만을 선망하며 살아오는 동안 자기도 모르게 끼워진 광각렌즈 같은 게 있는 게 아닌가 싶어. 광각렌즈는 시야를 넓게 하는 대신 정작 눈앞의 사물은 제대로 보지 못하게 하거든. 그 렌즈를 벗고 인간이라는 벌레의 눈으로, 때로는 너희들 개미의 눈으로 세상을 바라보는 것도 도움이 될 거야.

이 편지를 네가 읽는 데는 과연 얼마나 걸릴지, 읽을 수는 있을지, 사실 써놓고도 고민이 돼. 부디 이 글 밖에서, 영화 밖에서 만나게 될 때 서로를 알아볼 수 있기를. 너의 발자국 소리를 내가 들을 수 있게 되기를.

너희들의 방해꾼으로부터

솔잎혹파리처럼

솔잎혹파리가 한번 지나가고 나면 숲 전체가 잿빛으로 변하고 만다. 단 한그루도 남기지 않고 말라버린 나무들을 보면 자연은 베풀어주는 만큼 참으로 참혹하게 거둔다는 생각이 든다. 그러나 솔잎혹파리 못지않게 숲이나 산을 휩쓸고 지나가는 무서운 존재가 있다. 바로 인간의 손이다. 필요한 것이라면 무엇이든 닥치는 대로 뽑아가고 꺾어가고 주워가는 데는 계절이 따로 없다.

봄이나 여름에는 산나물을 뜯으러 오는 사람들로 산은 한바탕 몸살을 앓는다. 그 일을 생업으로 삼는 사람까지는 그렇다 해도 요즘은 산채관광이라는 상품까지 생겨서 산마다 관광객을 풀어놓으니, 산에서 나물 찾아보기가 도심에서 별 보기만큼 어려워져간다는 말도 그리 과장은 아닐 것이다. 또 가을에는 밤이나 도토리, 은행 등의 열매 때문에 또 한바탕 전쟁을 치른다. 그것도 그냥 재미 삼아 한두 개 줍는 것이 아니라 나무를 차고 뒤흔들어서 덜 여문 것까지 싹쓸이를 해야 직성이 풀리는 모양이다. 모교인 연세대 교정에는 상수리나무가 무척 많은데 낙엽들 사이로 도토리 한 알을 구경하기가 어렵다. 남아나는 도토리가 없으니, 몇년 전까지만 해도 심심찮게 돌아다니던 다람쥐나 청설모도 자취를 감추어버렸다.

하긴, 다람쥐의 미련한 욕심도 만만치 않다는 얘길 들은 적이 있다. 다람쥐는 제가 겨우내 먹을 도토리의 몇배가 되는 양을 땅 속에 묻어두고는 나중엔 자기가 어디에 묻어놓은지조차 모른다고 한다. 그러나 다람쥐의 욕심은 그래도 해로운 거라고는 할 수 없다. 다람쥐가 못다 먹은 도토리들은 땅 속에서 썩어 거름이 되거나 싹을 틔워 자라나기 때문이다. 다람쥐는 욕심의 잉여분을 땅에 되돌려줌으로써 자기도 모르는 사이에 사방에 나무를 심고 다니는 셈이다.

그런 다람쥐들에게 욕심부릴 만큼은 못 주더라도 조금은 남겨두어야 할 텐데, 생존이 불가능할 정도로 숲에서는 도토리 찾기가 어려워졌다. 이처럼 인간의 욕심에는 잉여분이라는 게 없다. 또, 설령 있다 해도 그것을 나누거나 되돌려주는 게 아니라 혼자만의 공간에 감추어둔다. 세상에 상수리나무는 많아도 돈나무가 자라지 않는 것은 그 때문이 아닐까 엉뚱한 추측을 해보기도 한다.

도토리도 다람쥐도 사라진 길 위로 낙엽을 밟으며 걷다가 문득 이런 생각이 들기도 했다. 만일 이 낙엽이 돈이 된다든가, 다시는 낙엽이 생길 수 없는 기후조건이 되어 희소가치가 생겨난다면 사람들은 이 낙엽도 싹쓸이를 하겠지. 그래도 다행이다. 아직은 아무도 낙엽을 탐내지 않고 귀찮아한다는 게, 가을이면 어김없이 낙엽이 돌아오리라고 안심하고 있다는 게…… 그러나 또 모를 일이다. 이러다가는 지천에 구르는 낙엽마저도 다시 밟을 수 없는 날이 정말 올지도 모른다.

심지어 인간의 손이란 배고프지 않아도 그 위력을 발휘하곤 한다. 검고 예쁜 잔돌로 유명한 어느 남쪽 바닷가에서는 피서객들이 돌을 하도 주머니에 넣어가는 바람에 사람이 지키고 서 있어야 할 판이라고 한다. 파도가 실어나르는 돌보다 사람이 주워가는 돌이 더 많다니, 이러다가는 머지 않아 그 해변에서 검은 잔돌을 구경할 수 없는 날이 올지도 모른다.

흔히 개미나 곤충을 지구의 청소부라고 부르지만, 인간의 싹쓸이 실력이 이쯤 되면 개미들도 두 손 들지 않을까 싶다. 그러나 청소란 싹쓸이가 아니다. 있어야 할 것은 제자리에 남겨두고 없어야 할 것은 깨끗하게 치우는 일, 그것이 제대로 된 청소가 아닐까.

인간이 지나가고 난 자리에는 과연 무엇이 남는가. 있어야 할 것은 씨가 마르고 없어야 할 것만 넘쳐나는 숲을 바라보면서 나는 솔잎혹파리가 휩쓸고 지나간 폐허를 떠올린다. 그 폐허 위에서 인간의 손은 점점 가난해져간다. 그 손을 위해서라도 산나물은 산에서 좀더 자라 씨를 퍼뜨려야 하고, 도토리의 얼마쯤은 땅 속에 묻혀 다람쥐의 양식이 되어야 한다. 저 남쪽 바닷가 검은 잔돌들은 파도에 쓸리며 차르륵 차르륵 굴러다녀야 한다. 거기가 원래 그들의 자리다.

그는 새벽 다섯시에 온다

　오늘도 또 늦잠을 잤다. 밤늦게까지 꼼지락거리는 게 습관이 된
탓인지 일찍 일어나겠다는 결심은 좀처럼 지켜지지 않는다. 자명종
시계를 맞추어놓고 자도 어느샌가 눌러두고는 날이 훤하게 밝아서
야 눈을 뜬다. 오늘도 '그'를 만나러 가지 못했구나. 그는 해가 뜨면
이미 사라지고 만다.

　　한 자루의 비를 들고 찾아오는 이,
　　이른 새벽 그가 쓸어내고 있는 것은 무엇인가
　　나의 머리를 쓸어내는 소리
　　스슥 나의 가슴을 도려내는 소리
　　새벽마다 그가 머리맡에서 울고 갔으나
　　한번도 그를 듣지 못하였구나
　　하늘의 별들은 아직 맑게 빛나는데

나를 깨우는, 비로 쓸어내는 소리
자명종 시계처럼 눌러두고 잠들어 있었구나

　나는 스무살 무렵 만난 '그'에 대해 「새벽 다섯시」라는 시를 쓴 적
이 있다. 그때 나는 새벽 다섯시의 어둠속에서 언뜻 그를 보았던가.
그를 보지 못하고 듣지 못하고 살았던 많은 날들을 가슴 아프게 뉘
우쳤던가. 그러나 뉘우침도 잠시, 나는 또 그를 잊었다.
　그런데 얼마 전 권정생 선생의 산문집 『우리들의 하느님』을 보면
서 내가 잃어버린 것이 무엇인지를 다시 생각하게 되었다. 내가 잃
어버리고 살아온 것은 새벽이었다. 고요였다. 그지없이 맑은 별빛이
었다. 특히 다음 대목은 종소리처럼 내 가슴에 오랜 여운을 남겨주
었다.
　"나는 세례를 받은 지도 30년이나 되고, 집사라는 직책을 맡은 것
도 비슷한 햇수가 되는데도 한번도 만족한 예배를 드려본 적이 없
다. 참으로 이름 그대로 돌예수꾼이었다. 다만 내가 예배당 문간방
에 살면서 새벽종을 울리던 때가 진짜 하나님을 만나는 귀한 시간
이었는지 모른다. 특히 추운 겨울날 캄캄한 새벽에 종줄을 잡아당
기며 유난히 빛나는 별빛을 바라보는 상쾌한 기분은 지금도 그리워
진다. 1960년대만 해도 농촌교회의 새벽기도는 소박하고 아름다웠
다. 전깃불도 없고 석유 램프불을 켜놓고 차가운 마룻바닥에 꿇어
앉아 조용히 기도했던 기억은 성스럽기까지 했다. (중략) 새벽기도
가 끝나 모두 돌아가고 아침햇살이 창문으로 들어와 비출 때, 교회
안을 살펴보면 군데군데 마룻바닥에 눈물자국이 얼룩져 있고 그 눈

물은 모두가 얼어 있었다."

그 마룻바닥에 얼룩진 눈물자국은 한때 나의 것이기도 했다. 잠이 덜 깬 눈을 비비며 어머니를 따라나선 내 머리 위로 스쳐가던, 몸과 영혼을 깨우던 싸늘한 새벽공기와 맑은 별빛은 지금도 생생하게 떠오른다. 발길은 총총히 교회를 향하고 있었지만, 교회에 도착하기 전 우리는 이미 '그'와 만나고 있었는지도 모른다. 그리고 마룻바닥에 꿇은 무릎과 모아쥔 두 손이 시려와도 가슴은 얼마나 뜨거웠는지…… 지금 생각해보면 죄지을 것도 없었을 것 같던 열 몇살에 무슨 참회가 그리도 길고 간절했었는지…… 그 자리에 남기고 온 눈물자국이 얼어붙은 채로 아침햇살에 빛나고 있으리라는 걸 그때 나는 알지 못했다.

그런데 언제부터였을까. 대체 무엇 때문이었을까, 내가 새벽을 잃어버리게 된 것은. 물론 내 정신의 나태함과 방만함의 결과일 것이다. 그러나 보다 근본적인 원인은 사회의 구조가 점점 수면을 빼앗고 노동강도를 높이는 쪽으로만 움직여왔고, 야행성 문화가 급속도로 확산되었다는 데 있을 것이다. 에디슨이 전구를 발명한 이래 공장에서는 24시간 컨베이어 벨트가 돌아가고, 밤늦게까지 도심의 거리에는 휘황한 조명 아래 차들이 질주하고 사람들은 넘쳐난다. 에디슨이 세상을 떠난 지 100년 되던 해 미국에서는 그가 발명한 전기에 대한 고마움을 기리고 그를 추모하는 뜻에서 일제히 일분 동안 전기를 껐던 일이 있다고 한다. 그 일분간의 암흑이 그들에게는 너무도 길게 느껴졌으리라. 그만큼 전기는 가장 위대한 발명이자 가장 무서운 지배자인지도 모른다.

이제 현대문명은 그 화사함과 편리함으로 밤과 낮의 장벽조차 허물어버렸다. 대낮보다도 밝은 밤거리와 한시도 쉬지 않는 기계 앞을 서성거리며 사람들은 쉬지 않는 욕망의 행렬을 만들어가고 있다. 그래서 스탠리 코헨의 『잠 도둑들』이라는 책에서는 현대문명을 우리의 잠과 휴식을 앗아간 '잠 도둑'이라고 부르면서, 사람들의 자연스러운 생체리듬을 깨뜨린 문명의 결과에 대해 경고하고 있기도 하다.

자연이 원래 우리에게 밤을 준 것은 휴식과 충전을 위해서였다. 그러나 배회와 소비의 밤을 보내고 난 이들에게서 어떻게 새벽을 기대할 수 있을 것인가. 마땅히 어두워야 하는 밤으로부터 어둠을 빼앗는 것은 명백한 자연 파괴다. 유럽의 환경단체에서 "밤이 왜 어두워서는 안되는가" 하는 밤보호운동을 벌이고 있는 것은 당연하면서 매우 필요한 일이다. 밤다운 밤이 없으면 새벽다운 새벽 또한 없는 게 당연하다. 우리가 새벽을 잃어버렸다는 것은 곧 우리 자신을 잃어버렸다는 것을 의미한다. 진정한 기다림과 간구를 잃어버리고, 찰나적인 위안과 쾌락에 끌려다니고 있다는 뜻도 된다. 침묵보다는 소음 속에, 별빛보다는 네온사인 속에, 거짓없는 눈물보다는 위장된 웃음 속에 우리 존재가 더 많이 놓여져 있음을 느끼곤 한다.

그런 나에게 권정생 선생의 산문집 『우리들의 하느님』은 오랜만에 받아드는 생수 한 그릇과도 같았다. 예배당 문간방에서 16년간 종지기로 살았던 그분의 삶이야말로 내내 새벽 같은 시간이 아니었을까 싶다. 겨울이면 생쥐들이 이불 속에 들어와서 자고, 여름이면 소나기로 구멍이 뚫린 창호지문 틈으로 개구리들이 뛰어들어온다는 그 방을 떠올려본다. 아마도 그 방에는 날이 어두우면 제일 먼저 불이 꺼지고, 날이 밝기 전 제일 먼저 불이 켜지리라.

요즘 들어 그 방 생각을 자주 한다. 한번도 가보지 못했지만, 그 방은 이미 내 가슴속에도 있다. 나의 아버지 역시 청년시절에 산속의 공동체에서 종지기 노릇을 한 적이 있다고 한다. 그러면서 썼던 단상들을 모아 『돌베개의 노래』라는 작은 책을 펴내기도 했다. 나는 집에 단 한권 남겨진 그 책을 시집올 때 짐 속에 챙겨왔다가 잦은 이사 끝에 그만 잃어버리고 말았다. 마치 그 책이 사라졌듯이 새벽은 내게서 아주 멀어져간 것 같기만 하다.

이 글을 쓰는 지금도 밤이 많이 깊었다. 아니, 새벽이 가까운 시간이다. 새벽과 함께 그가 오고 있다. 나는 자명종 시계를 다섯시에 맞추어놓고 잠시 눈을 붙이려 한다. 아, 오늘은 그를 만날 수 있을 것인가.

나와 루쉰과 고양이

생선을 다듬을 때마다 이런 생각이 들었다. 이 머리와 내장을 그냥 버리느니 차라리 고양이들에게라도 주면 좋을 텐데…… 아파트 단지 내에는 쓰레기통 주변을 어슬렁거리는 도둑고양이들이 꽤 많았다. 그 고양이들도 겨울이라 먹을 것이 시원치 않아 보였다. 야성을 잃고 도시에서 누추하게 길들여져가는 모습이 한편 측은해 보이기도 했다.

그러나 이런 나의 생각은 그야말로 '쥐가 고양이 생각해주는 격'이라고나 할까. 나는 고양이를 가장 싫어하기, 아니 가장 무서워하기 때문이다. 어쩌다 고양이 곁을 지나갈 때면 오금을 못 펴고 어린애처럼 쩔쩔매는 모습으로 웃음을 사곤 했던 나였다. 언젠가 찻집에서 차를 마시는데 갑자기 그 집의 고양이가 내 쪽으로 다가오자 급한 김에 탁자 위로 올라가 망신을 당한 경험도 있다. 마치 전생에 쥐였던 사람처럼, 고양이를 피해서라면 차라리 그보다 열 배 먼길도 마다하지 않을 정도였다.

중국의 혁명가 루쉰(魯迅)이 고양이를 무척 싫어해서 눈에 띄는 고양이마다 아주 잔인하게 죽였다는 이야기를 읽은 적이 있다. 어떤 사람에게든 기벽이 한두 가지는 있게 마련이지만, 루쉰의 그 기벽에는 나름대로의 이유가 없지 않았다. 그가 말하는 고양이 혐오론의 근거는, 배고프지 않아도 다른 생물을 죽일뿐더러 잡아먹을 때도 그냥 먹는 게 아니라 시체를 실컷 가지고 놀다가 먹는 존재는 인간과 고양이뿐이라는 것이었다.

어떤 이유로도 고양이에 대한 살생행위 자체가 정당화될 수는 없고, 그런 행위야말로 배고프지 않아도 생명을 죽이는 존재로서의 인간임을 스스로 증명해 보이는 일이 될 수도 있다. 그러나 그의 고양이 혐오는 고양이라는 종(種)에 대한 미움이라기보다는 오히려 파괴의 유희를 일삼는 인간에 대한 신랄한 비판을 내포하고 있는 것처럼 보인다. 물론 그 자신이 파괴의 유희에 가까운 기벽을 가지고 있기는 했지만, 그의 미움은 차라리 일관되고 솔직한 일면을 지니고 있다는 생각이 들기도 한다.

그에 비하면 나의 고양이 혐오는 막연하고 비합리적인 편견과 그로 인해 생겨나는 두려움에 불과한지도 모른다. 그런 내가 어느날 알량한 측은지심을 발휘하게 된 것은 문밖의 날씨가 유난히 추워서였을 것이다. 그날 저녁, 조림을 하려고 물좋은 꽁치를 몇마리 샀는

데, 그걸 다듬다가 불쑥 고양이들 생각이 난 것이다. 너무 추워서 쓰레기봉투마저 얼어붙을 지경이니 어디 가서 빈속을 채울까 싶었다. 그래서 꽁치의 내장과 함께 살을 넉넉히 남긴 머리 조각들을 베란다 밖 화단에 던져두었다.

그러기를 서너 번 하고부터 고양이들이 부쩍 자주 찾아오기 시작했다. 낮에도 두어 마리가 화단에 오두마니 앉았다 가고, 심지어 볕 좋은 오후에는 한참 늘어지게 자고 가기도 했다. 그리고 저녁 무렵 찾아와 문밖에서 울어댈 때는 꼭 먹을 것을 찾는 듯했다.

나는 그들에 대해 부담을 느끼기 시작했다. 내가 무심코 던져준 생선 몇조각이 그들을 이곳으로 오게 했을까. 무릇 생명 있는 것과의 인연은 한번 맺어지면 그리 쉽게 끝나지 않는다는 걸, 치를 대로 치르지 않는 한 내 마음대로 끊을 수 없다는 걸 이미 느끼지 않았던가. 그러고도 또 이렇게 크고 작은 인연들을 만들게 되는 게 삶인가. 하물며 저 말 못하는 짐승에게까지……

그런데 저 울음소리는 왠지 낯익다. 겨울밤에 들려오는 고양이 울음소리…… 나는 열살 무렵의 어느 겨울밤이 불현듯 떠올랐다. 우리 식구가 처음 서울에 올라와 작은 한옥의 문간방에 세들어 살 때였는데, 늦은 밤 대문 밖에서 웬 아기 울음소리가 들려왔다. 자세히 들어보니 하나가 아니라 둘이 울어대는 것 같았다. 누가 이 겨울에 아기를 버린 건 아닌가 싶어 온 식구가 대문간에 나가보았다. 그런데 어린 내가 어른들 틈에 숨어서 지켜본 것은 버려진 아기가 아니었다. 어둠속에 둥글게 뒤엉켜 굴러다니면서 이상한 울음소리를 내는 그것을 어른들은 고양이라고 불렀다. 그리고는 애들은 볼 게 아니라면서 부모님은 서둘러 우리를 데리고 들어가셨다. 나중에 알고 보니 그것은 고양이들이 흘레하는 모습이었다.

그날 밤, 본능의 덩어리처럼 울부짖던 고양이들을 공포감 속에 지켜보던 기억이 내게는 오래도록 남아 있었다. 한번도 고양이와 접촉해본 경험이 없으면서도 마치 영혼의 한 부분을 그 사나운 발톱에 할퀴어본 사람처럼 고양이를 피해온 것도 그래서였을 것이다. 이런 기억이 없다 해도 한밤중에 문밖에서 들려오는 음산한 울음소리는 누구에게나 결코 유쾌하지 않은 손님일 수밖에 없다.

그런데 내가 귀기울이지 않으려고 애를 쓸수록 그 울음소리는 내 속에서 더욱 커졌다. 그 울음소리는 내가 무심코 가졌던 호의와 연민의 무게를 돌아보도록 요구하고 있는 듯했다. 너는 찾아오는 저 울음소리를 받아들일 각오도 없이 먹이를 던져준 것이란 말인가. 그렇다면 너의 연민이란 처참하게 고양이를 죽인 루쉰의 행위보다 오히려 더 잔인하고 무책임한 것이 아닌가…… 이런 생각들이 나를 할퀴고 지나갔다.

그러나 부끄럽게도 나는 더이상 먹이를 내어주지 못했다. 먹이를 주는 것이 아깝거나 귀찮아서가 아니었다. 고양이에 대한 거의 생래적인 거부감을 걷어내기가 어려웠고, 어떤 존재를 길들인다는 것이 두려웠기 때문이었다. 더 자주 더 많이 찾아올까봐 생명에 대한 최소한의 책무감에서 고개를 돌려버린 것이다. 겨우내 그 울음소리는 귀를 막아도 들려오는 어떤 소리가 되고 말았다.

이듬해 봄날이었다. 푸른 잎들 사이로 꽃들이 싱그럽게 피어난 봄뜰에는 지난 겨울의 어떤 기억도 남아 있지 않은 듯했다. 고양이로 인해 시달렸던 이명(耳鳴)도 거의 사라져갈 무렵이었다.

모처럼 봄뜰을 한가롭게 거닐고 있는데, 움찔, 발밑의 이물감에 나는 순간적으로 발목을 움츠렸다. 고양이가 잡아먹다가 남기고 간 쥐의 시체. 인기척에 파리들은 화르륵 날아가고, 이리저리 찢겨진 쥐의 시체 위에는 구더기들이 하얗게 오글거리고 있었다. 그로 인해 평화로운 뜰은 순식간에 폐허로 변해버린 느낌이었다.

구더기가 들끓고 있는 쥐의 시체. 무언가를 제대로 살리지도 죽이지도 못한 자의 내면. 누군가를 온전하게 사랑하지도 미워하지도 못한 자의 내면. 내 안의 폐허를 들여다보는 것 같은 고통 속에서 나는 그만 아득해졌다. 사랑은 대체 어떤 깊이와 무게로 존재해야 하는가를 알 수 없어서.

생선을 다듬을 때만이 아니라 삶의 매순간 나는 망설일 것이다. 사랑을 건넬 것인가, 사랑을 멈출 것인가. 생선 머리 몇조각이 아니라 때로 우리 존재 전체를 요구하는 저 수많은 울음소리들 앞에서 우리는 더욱 망설일 것이다. 그리고 그 울음소리를 들으면서도 우두커니 창 밖만 오래 바라보고 있어야 하는 밤이 몇번이고 찾아올 것이다.

모세상(像)의 흠집

미껠란젤로가 만든 모세상(像)에는 그 발등에 기다란 흠집이 있다고 한다. 그것은 한 조각가가 남긴 절망의 흔적이다. 그는 작품을 완성하고 나서 모세상의 발등을 끌로 긁으며 이렇게 울부짖었다. "너는 왜 말을 하지 않느냐." 차가운 돌에게조차 생명을 불어넣으려고 했던 그의 예술적인 이상은 지극하기 이를 데 없다.

흔히 예술의 창조를 신이 인간을 창조하는 과정에 비유하곤 한다. 하느님이 흙으로 인간의 형상을 만들고 거기에 숨을 불어넣은 것처럼, 예술은 태초의 순간에 대한 향수에서 비롯된다. 그러므로 모든 예술작품은 대상을 좀더 살아 숨쉬는 실체로 만들고 영원의 한 순간을 그 속에 포착해놓기 위한 갈망으로 가득 차 있다. 그러나 그것은 어디까지나 갈망일 뿐, 인간이 이루어놓은 예술의 역사는 의사 (擬似)창조에 머물 수밖에 없는 절망의 기록이라고 할 수 있다.

우리가 예술작품을 통해 아름다움을 느끼고 인간다운 가치를 발견하게 되는 것은 작품의 우수성 때문이기도 하지만, 그 속에 깃들여 있는 절망의 무게 때문인지도 모른다. 절망의 진정성이야말로 위대한 예술작품들이 공유하고 있는 특성이라고 나는 생각한다. 그런 점에서 미껠란젤로가 남긴 모세상의 흠집은 위대한 예술이 가지고 있는 증표와도 같은 것이 아닐까 싶다.

만일 진품과 구별할 수 없을 정도로 흡사한 복제품을 만들었다 해도 도저히 흉내낼 수 없는 것이 있다. 바로 발등에 난 흠집, 거기에 담긴 절망과 고통만은 그 무엇으로도 복제해낼 수 없다. 발터 벤야민은 아무리 완벽한 복제라 하더라도 거기에는 그 예술작품이 갖는 유일무이한 현존성이 빠져 있다고 하면서, 이때의 일회적 현존성을 '아우라'라는 말로 표현하기도 했다. 그러나 기술복제시대에는 예술에서조차 복제의 심리가 정당화되며, 따라서 예술작품이 지닌 고유한 아우라는 갈수록 위축될 수밖에 없다. 그 자리에는 대신 절망이라는 강을 건너지 않고 쏟아져나온 예술작품들이 유행처럼 피어났다 재빨리 시들어버린다. 그리고 매끈한 위조품이나 복제품들이 오히려 진품 행세를 하거나 고통의 포즈마저 그럴듯하게 취하고 있는 경우도 적지 않다.

현대의 복제기술은 놀랄 만한 수준에 도달해서, 그 정밀성은 단순한 기술을 넘어서서 가히 예술이라고까지 할 만하다. 최근 들어 미술품의 진품 시비가 늘어나고 있는 것만 보아도 잘 알 수 있다. 아무리 뛰어난 감정기술로도 구별할 수 없는 경우가 있어 미술품 뒤에 작가의 DNA를 채취해 붙여서 유통시키는 일까지 생겨나고 있다. 이제 미술에서는 작품을 생산하는 기술 못지않게 진품을 가려내는 기술을 발전시키는 데 힘을 기울여야 할 지경이 되었다. 이처럼 인쇄술과 복제기술의 발달은 어느 정도까지는 문화의 발전을 가속화하고 정보의 민주화를 이루는 데 기여하였지만, 한편으로는 문화의 자기복제를 양산해냄으로써 진정한 창조의 가치를 희석시켜버리는 역작용을 낳기도 했다. 무엇이든지 복제할 수 있다는 신념은 이제 우리의 의식 깊은 곳까지 지배하게 된 것이다.

복제의 신념이 더욱 개가를 올리며 그 위력을 발휘하고 있는 분야는 과학이다. 미국에서는 복제 원숭이가, 영국에서는 복제 양이, 중국에서는 복제 돼지가, 그리고 국내에서도 복제 송아지가 만들어져 생명체의 복제가 그야말로 현실이 되고 말았다. 복제기술을 잘만 활용하면 장기이식이나 새로운 치료약 개발에 도움이 될 수 있고 농업에도 일대 혁명이 일어날 것이라고 한다. 그리고 포유류들을 통해 개발된 복제기술이 만일 인간에게도 적용된다면 복제 인간의 탄생은 그리 멀지 않은 일일 수도 있다. 현대에 남겨진 마지막 판도라 상자가 있다면 그것은 탄생의 신비를 연구하는 유전공학 속에 있다는 한 과학자의 말이 새삼 떠오른다.

그런데 이 난데없는 과학의 쾌거에 대해 반가움보다는 착잡함과 두려움을 느끼는 사람들이 더 많은 것 같다. 왜냐하면 신의 영역이라고 여겨져온 생명의 신비가 깨어질 경우 신의 존엄성뿐 아니라 인간의 존엄성마저 위협을 받게 될 상황에 놓일 것이기 때문이다. "인간은 실험이 아닌 '인간적인 방법'으로 태어날 권리를 갖고 있다"는 바티칸의 선언은 그에 대한 엄중한 경고를 담고 있다. 빗나간 창조욕의 결과는 예술의 복제와는 비교도 할 수 없을 만큼 심각한 재앙의 가능성을 내포하고 있다고 할 때, 생명복제의 문제는 앞으로 인류의 윤리적 조절능력에 대한 가장 중요한 실험대가 될 것 같다.

복제 양 돌리를 만들기까지 연구진은 277번이나 난모세포와 유선세포의 융합실험을 시도했다고 한다. 277번째의 성공을 위해 276번의 실패를 이겨낸 과학자의 집념과 탐구열 자체는 대단한 것이라고 할 수 있다. 그런 탐구정신이 언뜻 보기에는 앞서 말한 미켈란젤로의 예술적 열정과 닮아 있다는 생각이 들기도 한다. 그러나 복제의 정신과 창조의 정신은 다른 것이다. 그것을 뒷받침할 만한 사실로, 최근 복제 양 돌리가 다른 양에 비해 평균수명이 짧고 면역성이 떨어져 병에 걸릴 확률이 높다는 연구결과가 보고되었다. 기성의 상태에 있는 유전자의 복제는 가능하지만 새로운 유전자를 탄생시키지는 못한다는 것이다.

만일 어느 과학자가 복제 인간을 만들게 된다면, 그 역시 미켈란젤로처럼 이렇게 부르짖지 않겠는가. "너에게는 왜 영혼이 없느냐." 끝내 '숨'을 불어넣는 데는 실패할 과학자의 칼끝이 어디로 향할 것인지…… 우리는 지켜보아야 하리라, 인간에게 불가능이 사라져가고, 그리하여 참된 존재의 증거인 절망마저 잃어가고 있음을 오래오래 애석해하면서.

속도, 그 수레바퀴 밑에서

닳아빠진 타이어처럼

힌두의 신 크리슈나의 신상(神像)을 실은 수레에 깔려 죽으면 극락으로 환생한다는 믿음 때문에 많은 사람들이 그 수레바퀴 아래 몸을 던졌다고 한다. 다음 생의 행복을 위해 이생의 모든 걸 던져버리는 믿음, 구원에 대한 이런 맹목성이 없었다면 아마 인도도 힌두교도 유지되기는 어려웠을 것이다. 그러나 얼핏 무지에 가까워 보이는 그들의 종교심 속에는 생명의 끝없는 순환과 우주 질서에 대한 깊은 신뢰가 자리잡고 있다. 죽음을 삶의 끝이자 또다른 삶으로의 출발로 이해하는 그들의 시간관 속에서는 삶과 죽음의 경계 자체가 그리 중요하지 않은 듯하다.

오히려 합리성에 기초해 살아가는 듯한 오늘 우리에게 죽음은 공포 그 이상으로 받아들여지고 있다. 문명의 밝은 등불 아래서도 어둠에 대한 공포가 더욱 깊어져가는 것을 어떻게 설명해야 할까. 문명(文明)은 진정한 등명(燈明)이 아니었던가보다. 현대의 물질문명이야말로 크리슈나의 수레바퀴와는 비교도 안될 만큼 거대한 수레바퀴로서 인간 위에 군림하고 있다는 걸, 그리고 우리가 누리게 된 어느 정도의 안락함이나 부유함이란 실은 그 수레바퀴에 수많은 제물을 내준 결과라는 걸 잊은 채 하루하루 그 바퀴의 속도에 끌려다니며 살고 있는 것은 아닌지.

내가 인도에 갔던 것도 그 견딜 수 없는 속도감 때문이었다. 문명의 수레바퀴에 맞물려 살아가는 일상은 극도의 속도감과 극도의 정체감을 동시에 느끼게 한다. 꾸역꾸역 설익은 언어를 토해내게 만드는 원고청탁들, 날마다 더 큰 그릇에 차려져 나오는 정보의 성찬, 한달을 주기로 먹고 살아야 하는 버거움, 문명의 이기들이 휘두르는 폭력성…… 그 속에서, 어느날, 닳아빠진 타이어처럼, 이대로는 더이상 굴러갈 수 없다는 무력감이 나를 엄습해왔다. '지금 여기만 아니라면 살 것 같다'는 생각은 바로 그 바퀴로부터 이탈해버리고 싶은 욕구의 다른 표현이기도 하다. 바퀴를 벗어나려는 절박한 욕구가 바퀴에 몸을 던지는 힌두인의 신앙보다도 맹목적일 수 있다는 것을 깨달았을 때 이미 나는 인도라는 낯선 땅에 와 있었다.

그렇다고 내가 평소에 인도라는 나라를 신비화시켜 동경해왔다거나 인도철학이나 불교에 관심이 많은 것은 아니었다. 심신의 휴식이나 어떤 궁극적인 해답을 구하기 위해서는 더욱 아니었다. 다만 우리와는 아주 다른 질서 속에 살고 있는 사람들을 만나고 싶었고, 그 혼란 속에 나를 잠시라도 데려가고 싶었을 뿐이다. 그렇게 해서라도 나를 끌고 가는 속도감에 단층을 만들어보고 싶었고, 문명의 일방적인 질주에 대항하는 또하나의 속도를 몸으로 직접 느껴보고 싶었다.

그러나 인도행 비행기를 타는 순간 나는 발견했다. 그만큼의 공간적 자유를 위해 자동차보다 더 빠른 비행기에 몸을 싣고 있는 나 자신을. 벗어나려고 해도 벗어날 수 없는 포충망 속의 나비처럼 끝없이 어딘가로 실려가야 한다는 것을.

아무리 명분을 붙여서 '생산적 떠남'이라고 미화한다 해도 어차피 인도에서의 열흘은 '관광'일 수밖에 없었다. 그런 내 모습은 자연을 즐기기 위해 주말이면 고속도로를 가득 메우는 군상들과 다를 것이 없었다. 현대인이 자연을 찾아가기 위해서는 자연을 강제하고 파괴해서 만든 고속도로 위를 자동차 매연을 내뿜으면서 달려가야 하는 것처럼, 인도에 가기 위해서는 비행기를 타지 않으면 안된다는 사실에 우리 시대의 모순이 존재한다는 생각이 들기도 했다.

올드델리와 뉴델리, 그 까마득한 거리

「서두르고 있는 인도」(India in a hurry)라는 제목의 포스터 한 장. 레일 위로 의자가 달린 수레 하나가 붉은 깃발을 꽂고 달리고 있다. 의자 위에는 흰 셔츠를 입은 뚱뚱한 신사가 타고 있고, 붉은 터번을 두른 일꾼 셋이 뒤에서 수레를 밀고 있는 모습이다. 구경하러 나온 아이 둘이 그 앞으로 뛰어가고 있고, 빈약한 철로 뒤로는 멀리 흰 대리석으로 지은 오래된 사원이 어렴풋하게 보인다.

서둘러 근대화와 개방화를 추진하는 인도 경제를 묘사한 이 사진 속에는 현재 인도가 안고 있는 많은 문제들이 함축되어 있는 듯하다. 계층의 불평등, 지역적인 불균형, 세대간의 장벽, 종교공동체주의와 세속주의 간의 갈등, 이런 문제들을 안은 채 인도라는 수레는 세 개의 외바퀴로 좁은 레일 위를 달려가고 있다. 서둘러 갈수록 외바퀴로 된 수레는 위태로워 보인다.

그 근대화의 수레가 어디를 향해 가고 있는지, 그리 밝지 않은 표정으로 앞을 바라보는 신사의 눈에는 무엇이 비치는지, 나로서는 알 수가 없다. 다만 내 눈에 비친 인도의 도시들은 근대화에 그리 성공하지 못했다는 생각을 갖게 했다.

"인도라는 나라가 근대화에 언제나 실패하는 것은, 그들 머리 위의 거대한 열구(熱球)의 주장을, 그리고 그 분자인 지상의 뜨거움, 그 저마다의 꿈틀거림 혹은 생명의 주장을 법으로 규제할 수 없다는 점에 있다. 더욱이 이 나라에서는, 그 뜨거움이 곧 법으로 바뀌고 있다. 그것이 종교일 것이다."

후지와라 신야의 이 말은, 법에 의해 관리될 수 없을 만큼 강렬한 생명적 근원이 인도에는 아직 살아 숨쉬고 있다는 뜻일 것이다. 좀 더 비약해서 말하자면 인도의 근대화 실패야말로 인도의 가능성일 수도 있다는 것이다.

그러나 그렇게만 이해하기엔 델리나 뭄바이 같은 대도시에서 느낀 착잡함이 너무나 컸다. 그곳엔 하나의 눈으로 보아내고 하나의 머리로 이해하기에는 너무도 다른 세계가 공존하고 있었기 때문이다. 사람과 짐승, 부자와 거지, 삶과 죽음, 종교와 미신, 이 모든 게 먼지와 소음 속에 온통 뒤섞여 있었다. 먹고살기 위해 농촌에서 도시로 몰려든 사람들은 그 뜨거운 도가니 속에서 부랑인이나 거지, 릭샤꾼, 막벌이꾼이 되어 살아가고 있었다. 내가 느끼기에 그 뜨거운 도가니는 비참함 그 자체였다.

특히 옛 수도였던 올드델리에는 천막이나 토굴, 심지어는 길에서 먹고 자는 사람들이 헤아릴 수도 없이 많았다. 도시인의 25퍼센트 이상이 그런 슬럼가에 살고 있다고 한다. 도시 중심의 근대화 과정은 이렇게 농촌의 피폐함과 도시의 비참함을 동시에 가져왔다. 도시와 농촌이라는 양쪽 바퀴가 함께 굴러가는 게 아니라, 몇몇 대도시들만의 외바퀴에 의지해서 근대화를 추진해온 결과라 하겠다.

방사선 모양으로 뻗은 현대도시 뉴델리와 그 곁에 슬럼가로 변해가는 올드델리, 공존하고 있는 그 두 도시의 거리는 적어도 50년 이상은 되어 보였다. 그 까마득한 거리가 시사하는 것처럼 인도의 문제는 절대빈곤이 아니라 부의 불평등한 분배구조에 있는 게 아닐까 싶었다.

교통정책의 실패 또한 인도 도시의 문제점 중의 하나다. 도로 사정이 워낙 좋지 않은데다가 차와 각종 릭샤와 가축 등 각기 다른 속도의 교통수단들이 뒤섞여 달리고 있어서 정신을 차릴 수 없이 복잡했다. 그리고 도심을 제외한 대부분의 도로에는 중앙선이 없었다. 신호등이 없는 곳도 너무 많았다. 그래서인지 차들의 성능이 시속 60km를 넘지 못하는데도 이상하게 우리나라에서 차를 탈 때보다 훨씬 위험하게 느껴졌다. 그러나 그런 염려와는 달리 그곳에 있는 동안 나는 교통사고를 단 한번도 보지 못했다. 하루에 한두 번은 교통사고를 목격하는 것이 서울에서는 상례인데 말이다.

중앙선이 없다는 것, 그로 인한 위험의 자각은 어쩌면 은폐된 위험에 비해 덜 위험한 것일지도 모른다. 문명적으로 덜 진보된 인도의 교통상황은 불편하기는 해도 아직은 자각 가능한 위험상태에 머물러 있는 듯하다. 오히려 위험이 효율적으로 관리되고 통제되면서 확대재생산되고 있는 우리의 안전함이 더 문제가 아닐까 하는 의구심이 들었다. 또렷하게 그려진 중앙선과 차선, 도로교통법, 신호등, 우리가 믿고 있는 그 안전장치들이 위험에 대한 우리의 자각을 둔화시키며 무한속도를 부추기고 있는지도 모른다.

울리히 벡은 현대의 위험이 이미 인간이 평상시에 지각으로 파악할 수 있는 범위를 완전히 넘어서 있다고 진단했다. 멀리 체르노빌의 참사를 들지 않더라도 우리는 지난 몇년 사이에 나라 안팎에서 일어난 대형참사들의 기억을 지울 수가 없다. 자연의 우연적인 재앙과는 달리 그것들은 현대문명 자체가 이미 위험을 잉태하고 있다는 점에서 필연적인 재앙이라고 할 수밖에 없다.

그러기에 현대의 삶은 벡의 표현처럼 "문명의 화산 위에서" 살아가는 것이다. 크리슈나의 신상 대신 '위험'을 싣고 달리는 문명의 수레바퀴 아래서 살아가고 있는 것이다.

한 나무 그늘 아래서

도시와 도시 사이, 농촌은 마치 지옥과 지옥 사이의 천국처럼 가로놓여 있었다. 2월의 인도 농촌은 아름다웠다. 노오란 싸리소우(유채꽃 종류)가 끝도 없이 펼쳐져 있어 들판이 온통 환했다. 그리고 길을 따라 수백년 된 아름드리 나무들이 줄지어 서 있는 모습은 도시에서 느낀 착잡함을 잊게 하고도 남았다.

인도의 희망은 농촌에 있다고 한 간디의 말이 생각났다. 간디가 희망을 발견했던 건 아름다운 자연 자체보다는 거기에 깃들여 살며 그것을 가꾸는 민중들의 삶에서였을 것이다. 그러나 70만 개나 된다는 인도의 마을들은 이미 평화롭고 풍요한 삶의 터전만은 아닌 듯했다. 멀리서 나그네의 눈으로 보면 천국처럼 보이지만, 가까이 들여다보면 도시인보다도 고달픈 농민들의 삶이 하루하루 이어지고 있을 것이다.

나는 차에서 내려 그 길을 걷기 시작했다. 먼지가 보얗게 쌓인 신발도 양말도 다 벗어던졌다. 나무들 사이로, 들판으로 맨발로 걸어가면서 나는 비로소 인도의 가슴속으로 걸어 들어온 것 같은 느낌이 들었다. 인도가 척박한 땅이라고는 하지만 흙이 주는 근본적인 감촉은 어느 나라나 마찬가지다. 그리고 거기에 발을 대고 살아가는 사람들의 삶은 가난하기는 하지만 비참하지는 않다는 생각도 들었다. 순박한 농촌사람들의 눈빛이 그걸 말해주고 있었다.

그중에서도 한 소년의 눈빛은 지금도 잊혀지지 않는다. 내가 만난 인도를 하나의 점으로 압축하자면 바로 그 눈동자일 것이다. 진흙 속에서 놀고 있는 아이들 곁으로 다가갔을 때, 호기심과 반가움이 어린 얼굴로 아이들은 나를 바라보았다. 집에서 기르는 소나 양과 다를 바가 없을 정도로 온통 먼지투성이에다 옷도 남루하기 짝이 없었지만, 그 천진한 눈동자들은 기이할 만큼 자연의 일부가 되어 빛나고 있었다.

아이들 중 한 소년이 다가와서 손에 쥐고 있던 들꽃다발을 내게 내밀었다. 나는 그 꽃을 받아들지 못하고 망설였다. 왠지 내 손에 들리는 순간 그 꽃이 시들어버릴 것 같았기 때문이었다. 꽃을 받아드는 대신 나는 그 아이를 품에 안고서 그 얼굴을 한참 동안 바라보았다.

그러다가 문득 도시에서 본 또 한 소년의 눈빛이 떠올랐다. 델리에서 자전거 릭샤를 탄 적이 있는데, 릭샤를 끄는 소년은 열살이나 겨우 넘었을까 싶을 정도였다. 페달을 밟을 때마다 구릿빛의 비쩍 마른 다리의 그 힘겨운 움직임을 바로 뒤에 앉아 바라본다는 일은 이상한 고통을 느끼게 했다. '저 어린 근육의 고통을 내가 몇십 루피에 샀다는 말인가. 그나마 릭샤 주인이 소년에게 건네는 돈은 1, 2루피에 불과할 텐데……' 결국 나는 목적지에 도착하기도 전에 그 릭샤에서 내리고 말았지만, 돈을 받아들던 그 소년의 눈빛은 내내 나를 따라다녔다.

꽃을 든 농촌 아이를 보면서 소년 릭샤꾼 생각이 난 것은 우연이 아닐 것이다. 들꽃을 들었던 손에 릭샤 핸들을 쥐고 십 루피짜리를 세면서 살아야 할 날이 그 아이의 앞에도 기다리고 있을지 모르기 때문이다. 그 아이뿐 아니라 수많은 인도 소년들의 미래가 그런 날들을 향해 흐르고 있을 생각을 하니 마음이 막막해져왔다. 그날이 오면 아이의 눈빛도 손에 든 들꽃도 시들고 말 테니까.

저녁 무렵 나는 한 나무 그늘 아래 오래오래 앉아 있었다. 유채밭 사이로 언뜻언뜻 보이는 농부들말고는 모든 게 정지된 듯한 느낌이었다. 그렇게 모든 것을 다 내려놓고 앉아 있어보는 게 대체 얼마만인지…… 나를 따라온 모든 속도가 그 그늘 아래서 숨을 멈추고, 오랫동안 잊었던 또하나의 내가 비로소 숨쉬기 시작하는 느낌이었다. 마치 내가 기대어앉은 나무의 나이테가 처음 생겨나기 시작했을 때부터 거기 그렇게 앉아 있었던 것만 같았다.

지상의 모든 걸 녹여버릴 것 같던 뜨거움도 그 그늘 아래에선 천천히 식혀지고 있었다. "나무는 뜨거운 햇볕을 받지만 우리에게 서늘한 그늘을 준다. 우리는 무엇을 하는가?" 나무그늘 아래 쉬고 있는 나에게 간디의 목소리가 들려왔다. 우리는 무엇을 하는가. 나는 무엇을 하는가…… 나는 몇번이나 그 말을 나직하게 되뇌어보았지만, 아무 대답도 할 수 없었다.

내 한몸 쉴 그늘을 찾아다니며 살아왔을 뿐 스스로 누군가의 그늘이 되어주지 못한 내 모습이 거기서는 잘 보였다. 그동안 어디에도 존재하지 않았던 것 같은 느낌이 드는 것은 이리저리 그늘만 찾아다녔을 뿐 제 뿌리와 그늘을 갖지 못해서라는 걸 뒤늦게야 깨닫게 된다.

가로수에 나이테가 없다

눈을 떠보니 다시 볼품없는 가로수들 사이로 꽉 들어찬 차들의 행렬 속에 갇혀 있는 내 모습이 보인다. 어느새 인도의 아름드리 나무 아래서 병색이 완연한 이 나무들 곁으로 돌아온 것이다. 서울이다. 서울인 것이다.

서울 도심의 가로수를 잘라보면 그 단면에 나이테가 없다는 얘기를 들은 적이 있다. 품 넓은 그늘이 없다는 것까지는 그렇다 해도 나무에 나이테가 없다니! 그것은 마치 사람의 손에 지문이 없다는 말처럼 충격적으로 들렸다. 그 충격적인 말을 듣고도 나는 고개를 끄덕거렸다. 언제부턴가 자라는 것을 멈추어버린 채 왜소해져가는 내 자신이 생각나서였을까.

뚜렷한 삶의 구획도 없이 그날이 그날 같은 날들을 보내는 현대인의 초상은 그 나이테 없는 가로수들과 너무나도 닮아 있다. 세계가 속성재배하는 잡목의 삶 속에서도 우리는 아름드리 나무가 되기를 꿈꾸지만, 삶의 대부분을 그 속도에 저당잡혀 살아가는 한 우리에게서 생명의 윤곽을 찾아보기는 더 어려워질 것이다. 아니, 이미 불가능해져버렸는지도 모른다.

더이상 의미있는 집적이나 반전이 불가능해 보이는 역사, 끝없는 반복과 무한속도를 강요하는 문명…… 그 속에서 살아도 살았다고 말하기 어려운, 과거와 현재가 하나의 공동(空洞) 속에 무의미하게 뒤섞여버린, 속도가 속도를 반성하지 않는, 우리의 모습은 위험해 보이기만 한다. 저 성장의 끝에 다다른 가로수들보다도.

　　풍경이 풍경을 반성하지 않는 것처럼
　　곰팡이 곰팡을 반성하지 않는 것처럼
　　여름이 여름을 반성하지 않는 것처럼
　　속도가 속도를 반성하지 않는 것처럼
　　졸렬과 수치가 그들 자신을 반성하지 않는 것처럼
　　바람은 딴 데에서 오고
　　구원은 예기치 않은 순간에 오고
　　절망은 끝까지 그 자신을 반성하지 않는다

　　김수영의 시 「절망」은 오늘 우리에게도 유효한 절망이다. 반성하지 않는 세계, 속도의 고삐를 늦추지 않는 세계에 대한 우리의 절망조차도 스스로를 반성하지 않는 한계에 갇혀 있다는 것. 우리 자신이 이미 그 속도와 닮아 있다는 것. 바로 그것이 나이테를 잃어버린 저 가난한 가로수들과 더불어 우리가 나누어야 할 절망의 내용이 아닐까.

제3부

사람들

가자미와 신호등과 칫솔과 유릿조각

가자미

오천원에 여섯 마리. 그중에서도 제일 작은 놈 하나는 생선장수가 엎어준 덤일 것이다. 그런데 그 가자미를 두고 아버지와 어머니가 다투셨다고 한다. 어머니는 하루 이틀이면 먹을 것이니 소금간을 해서 그냥 냉장실에 넣어도 된다고 하시고, 아버지는 냉동실에 넣었다가 그때그때 녹여서 굽는 것이 안전하다는 의견이셨다. 그런데 그 사소한 말다툼 끝에, 아버지는 내가 돈 못 벌어온다고 무시하느냐며 화를 내시고 어머니는 내가 아무리 살림을 몰라도 당신보다는 낫다며 대꾸하시는 바람에 일이 커진 것이다.

그러나 나는 안다, 그것이 가자미 여섯 마리를 두고 다투시는 게 아니라는 것을. 평생을 함께 살아오셨지만 끝내 좁혀질 수 없는 두 분의 다른 기질이 그 사소한 말다툼 속에는 들어 있다는 것을.

아버지는 지나치다 싶을 만큼 결벽스러운데다 모든 일을 지레 앞당겨 걱정하시는 편이다. 그런 성격 때문에 직장생활에 적응하는 것도 쉽지 않아서, 내 기억엔 아버지가 그래도 버젓한 직장을 가졌던 것은 어느 국가기관의 별정직 공무원 사오년이 전부였다. 문서를 보관하고 대출해주는 일이었던 모양인데, 그리 바쁘지도 않고 월급도 적지 않아 안정된 직장으로는 괜찮은 자리였다. 그러나 아버지는 조직생활 자체가 생리에 맞지 않는데다, 자신이 관리하는 비밀문서 중 혹시 하나라도 분실되어 큰일을 겪지 않을까 하는 불안감에 늘 시달렸다. 그건 아마도 전쟁을 경험한 실향민으로서 가지는 피해의식이나 강박관념이기도 했을 텐데, 결국 아버지는 자진해서 사표를 내고 말았다. 가자미가 상할까봐 지레 냉동실에 넣어야 마음 놓이는 성품은 어제 오늘의 일이 아닌 것이다. 중고등학교 시절 나는 양복 차림으로 공무원버스를 타고 출근하는 아버지가 은근히 자랑스러웠지만, 그런 안정기는 그리 오래가지 못했다.

그러고 나서 아버지가 선택한 일은 필경사였다. 필경업이 한때 호황을 누릴 때는 하룻밤에 쌀 한 가마니씩 벌었다고 하지만, 80년대 초반에는 이미 복사기나 새로운 인쇄술의 보급으로 서서히 사양산업으로 밀려나고 있었다. 그래도 관공서나 은행 등의 일거리는 꾸준히 있는 편이어서, 한문에 밝고 필체가 좋은 아버지는 원고를 받아다 집에서 밤을 새우곤 하셨다.

8절로 된 원지 한장을 빼곡하게 메워야 1000원을 채 받지 못하던 시절, 아버지의 삶은 오로지 그 뾰족한 철필 하나에 매달려 있는 것처럼 보였다. 오죽하면 '가리방밥'이라는 말이 나왔을까. 쾌적한 사

무실과 커다란 책상을 스스로 마다하고 비좁은 방구석에 앉은뱅이
책상을 펴고 앉아 그 일을 하고 있는 아버지를 사춘기의 나는 이해
할 수 없었다. 그리고 이해하고 싶지도 않았다. 당신 자신은 너무나
비현실적이면서도 자식들에 대해서는 현실적인 성공의 길을 기대
하셨던 아버지에 대해 엇나갈 대로 엇나가보는 것이 그 당시 내가
할 수 있는 일의 전부였다. 그러나 오랜 시간이 흐른 뒤, 어느날 나
는 기억 속에서 그때의 아버지를 불러내고 있었다.

　　잠 못 이루고 뒤척이곤 했던 것이
　　여름밤 식구들의 좁은 잠자리 때문이었는지
　　십오촉 백열등 빛이 너무 밝아서였는지
　　천장을 가득 채우던 아버지의 그림자 때문이었는지
　　그 모든 것 때문이었는지 지금은 잘 기억나지 않는다
　　가리방 긁는 소리가 밤새 들리던 밤
　　목에 둘렀던 수건을 감아 뜨거운 전구알을 갈던 모습이며
　　쥐가 난 다리를 뻗어서 두드리던 모습이며
　　전구 위에 씌웠던 종이갓이 검게 타 들어가던 모습이며
　　자줏빛으로 죽어가던 손마디와 팔꿈치를 문지르던 모습이며
　　내가 반쯤 뜬 눈으로 보고 있었다는 것을
　　아버지는 알고 계셨을까 그 방을 벗어나고 싶어했다는 것을

　　글을 쓰고 싶어하셨지만
　　글자만을 한 자 한 자 철필로 새겨 넣던 아버지,

그러나 고치 속에서 뽑아낸 실로
세상을 향해 긴 글을 쓰고 계셨다는 걸 깨달은 것은
그 후로도 오랜 뒤였다

——「누에의 방」 부분

아버지의 소심함이란 세상과 섞이지 못할 만큼의 올곧음과 순수함 때문이기도 하다는 것을 이해한 것은 철이 들고 난 뒤의 일이다. 아버지뿐 아니라 이제 어디에서도 가리방 긁는 사람을 볼 수 없게 된 지금 나는 오히려 아버지의 땀이 깊이 밴 그 물건들을 다시 만져보고 싶어진다. 사라진 그 도구들은 아버지의 삶과 너무나 닮아 있다. 세상이 더이상 필요로 하지 않게 되어버렸지만, 한때 아버지라는 사람이 세상과 맞서 싸운 창과 방패이기도 했던 철필과 가리방——그 정직한 무기들 앞에 무릎이라도 꿇고 싶다.

아버지가 책임지지 못한 생활의 공백을 메우느라 어머니는 직장일 하랴 살림하랴 늘 고단한 삶을 사셨지만, 한번도 아버지를 원망하거나 닦아세우는 법이 없었다. 아버지는 아버지대로 안살림 바깥살림을 가리지 않고 식구들 뒷바라지를 자상하게 해주는 부지런함을 잃지 않으셨다. 그러나 아버지가 가장으로서 느끼는 자격지심이란 게 없을 수는 없는 일이어서 이렇게 사소한 문제를 놓고 이따금 불거져나오곤 하는 것이다. 그러니 가자미를 가지고 이러쿵저러쿵 하는 것은 실은 서로에 대한 미안함 때문이기도 한 것이다. 어찌 보면 남편 노릇 아내 노릇이 뒤바뀐 채 살아온 두 분이 스스로의 삶에 대한 자격지심을 그렇게 드러낸 것이리라. 하여튼 어머니는 그날의 말다툼 때문에 가자미라면 이제 진저리가 난다며 두 손을 내저으신다.

나이 드시니까 별거 가지고 다 싸우신다고 나는 눈을 슬쩍 흘겼지만, 맏딸의 입장에서 가지게 되는 자격지심 또한 없지 않았다. 출가외인이라고는 해도 내가 경제적으로 좀더 보탬이 되어 드렸다면 그까짓 가자미 몇마리를 놓고 싸우지 않으셔도 되었을 텐데 싶어서였다. 다음날 나는 제법 굵은 갈치 두 마리를 사다가 어머니께 드리면서 말했다. "아끼지 말고 부지런히 드세요. 냉동실에 넣지 말구요. 아버지가 뭐라 하시믄 제가 그러더라고 하세요." 자식이란 이렇게 가자미 대신 갈치를 사드리는 것밖에는 달리 할 줄 아는 게 없는 존재인 모양이다.

신호등

여름이 끝나갈 무렵 저녁 산책을 해본 사람은 알리라. 이파리가 어떻게 물들기 시작하며 풀벌레 소리가 어떻게 바뀌어가는지, 또는 바람이 어떤 서늘함을 숨기고 불어오며 얼마 남지 않은 빛 속에 어둠은 어떻게 자리를 잡기 시작하는지…… 이런 기미들에 몸을 맡기고 걸어보는 것도 오랜만이지만, 어머니와 단둘이 산책을 나선 것은 정말 얼마 만인지 모르겠다.

직장을 그만두고 집에 계시면 좀 편안해지시려니 했는데, 오히려 무언가에 부대끼고 있는 듯한 어머니와 얘기도 할 겸 산책을 나가

자고 한 것이다. 호수공원 쪽으로 건너가기 위해 우리는 횡단보도
에 서 있었다. 신호등이 파란불로 바뀔 때까지 서 있는 동안의 짧은
침묵도 어색하게 느껴질 만큼 모녀간에 얘기다운 얘기를 못한 지가
오래되었구나 싶었다. 그런데 그 침묵을 깨고 어머니는 불쑥 내게
물었다.

"너, 나 사랑해?"

아주 단도직입적으로, 마치 젊은 연인들이 서로의 애정을 확인하
지 않고는 견딜 수 없을 때처럼 절실하게, 어머니의 이 질문은 나를
몹시도 어이없게 만들었다. 예순의 어머니가, 그렇게도 조용하고 좀
처럼 감정을 드러내지 않던 어머니가, 지금 나에게 묻고 있는 것이
다. "너, 나 사랑해?"라고.

나는 성장기 동안 어머니를 좋아하면서도 무척 어려워했던 것 같
다. 무턱대고 어리광을 부리거나 떼를 써본 기억이 없으니. 이십년
넘게 보육원 총무로 일하면서 어머니는 우리 삼남매를 다른 보육원
아이들과 똑같이 대하셨다. 얼마나 철저하셨는지 아이들 앞에서 나
를 쓰다듬어주거나 칭찬 한번 해준 적이 없고, 오히려 친자식보다
그 아이들을 더 귀여워하는 것처럼 보이기까지 했다. 그리고 하루
가 멀다 하고 도벽을 일삼고 말썽을 부리는 아이들 때문에 학교에
불려다니기 일쑤였지만, 나의 어머니 자격으로 담임선생님을 찾아
간 적은 거의 없었다. 어린 마음에 그런 엄마가 서운할 때도 있었지
만, 자라면서 엄마의 자상한 보살핌이나 애정 표현은 내 것이 아니
겠거니 체념하는 데 익숙해졌던 것 같다. 다행히도 그런 성장기가
큰 결핍이나 상처로 남지 않은 것은, 십분심사(十分心思)를 일분어

(一分語)로도 표현하지 못하는 어머니의 입장이나 성품을 이심전심으로는 느끼고 있었기 때문일 것이다.

그런데 보육원이 지방으로 이사를 가는 바람에 그 많은 자식들을 떠나보낸 뒤로 어머니는 부쩍 허전함을 느끼시는 듯했다. 그동안 100명 가까운 식구들 뒤치다꺼리하느라 친구를 만난다거나 여유있게 외출 한번 하지 못하고 살아온 세월이 새삼 돌아보아지기도 하고 때로 서글퍼지기도 하시는 모양이다. 이제 어머니 곁에 남은 것은 우리 삼남매뿐이다. 그러나 친정 가까이 이사오기 전까지는 대화할 시간도 없이 전화로 안부만 여쭙는 정도였으니, 어머니는 이따금 내게 편지를 보내는 것으로 그 쓸쓸함을 달래곤 하셨다.

"내가 오늘 이 글을 쓰는 이유는 좀 우습지만 네가 용납해주기를 바라며, 시인인 너에게 조금 도움을 청할까 한다. 요즘 자꾸만 떠오르는 시 구절이 있는데, 내 기억이 맞는지, 또 누구의 작품인지 확실히 몰라. '내 마음의 어딘 듯 한편에 끝없는 강물이 흐르네. 돋쳐오르는 아침날빛이 빤질한 은결을 도도네. 가슴엔 듯 눈엔 듯 또 핏줄엔 듯 마음이 도른도른 숨어 있는 곳, 내 마음의 어딘 듯 한편에 끝없는 강물이 흐르네……' 옛날에 학교 다닐 때 배운 시인데, 네가 좀 알아봐서 적어 보내주면 참 고맙겠다. 그밖에도 읽고 외우기 좋은 시들이 있으면 더 적어 보내주렴. 엄마는 친구조차 챙길 겨를 없이 살아와 이제 얘기를 주고받을 사람이 없단다. 옛날 친구들 중에 정말 꼭 만나고 싶은 사람 몇이 있지만 찾을 길이 없어……"

"엄마는 늘 바쁜 생활에 쫓기며 살았지만, 너만은 좀 여유를 갖고 살기를 원했다. 그런데 엄마보다 오히려 더 바쁘고 가파르게 살고 있으니, 어찌된 일이냐. 그러나 바쁜 것 그리 나쁘지만은 않아. 다만 인품이 마모되지 않고 평온을 잃지 않고 결실을 남기는 삶이 되려면 더욱 자신을 돌아보며 살아야 되지. 엄마는 너무 험하게 살아왔고 많이 상해 있음을 느낀다. 뒤늦게나마 곱게 살고 싶은 마음 간절하다……"

평생을 남에게 다 내어주고 이제 빈 그루터기처럼 남은 어머니는 스스로의 지친 마음 하나 내려놓을 자리를 찾지 못해 힘들어하시는 게 역력하다. 여름에서 가을로 접어들 때 몸살을 앓는 나무들처럼 닥쳐온 인생의 가을과 겨울 앞에 초연할 사람이 과연 있을까 싶으면서도, 나의 어머니가 그런 늙음의 경계에 서게 될 줄은 생각해보지 못한 일이었다. 누구보다 사랑이 많으셨지만 정작 사랑한다는 한마디 대놓고 할 줄 모르던 어머니가 사랑이라는 말을 입에 담다니! 그것도 신호등 앞에서! 그만큼 누군가 곁에 있다는 걸 절박하게 확인하지 않고는 견디기 어려웠으리라.

"파란 불이에요." 나는 대답 대신 어머니 손을 끌어당기며 서둘러 길을 건넜다. 늙은 어머니는 다 큰 딸의 손에 끌려오다시피 길을 건너고는 나를 물끄러미 바라보셨다. 잘 마른 나뭇잎과도 같은 어머니의 얼굴과 조그마한 몸. 내 앞에는 젊은 날의 강인했던 어머니가 아니라 회한과 쓸쓸함을 가누지 못하는 나이든 한 여자가 서 있을 뿐이었다. 나는 무언가에 떨고 있는 그 어머니의 모습이 좀처럼 빈

틈을 보이지 않던 예전의 어머니보다 한결 아름답다고 느끼면서 두 손을 꼬옥 잡았다. "그럼요, 사랑하구말구요." 우리가 건너온 길 저 편의 신호등에는 다시 빨간불이 깜박거리고 있었다.

지는 해를 등지고 걸어가는 우리 앞에는 긴 그림자 둘이 우리보 다 한발 앞서 걸어가고 있었다. 해가 진다는 것의 아름다움을, 그날 나는 삶의 저녁에 다다른 어머니와 함께 걸으면서 느낄 수 있었다. 그러고는 마음속으로 이렇게 외쳤다. 어둠이여, 조금 천천히, 천천 히 와다오.

검은 칫솔

어머니가 신학교에 입학하셨다, 나이 예순에. 몇년 전 대학입시를 준비하신다고 해서 신설동에 있는 검정고시 학원에 모시고 간 적이 있다. 결국 학원을 다니지는 못하고 집에서 혼자 틈틈이 공부를 하 셨다. 한때 수재 소리를 들으며 부산사범학교를 다니던 어머니는 졸업을 얼마 남겨두지 않고 종교적 신념 때문에 산속의 공동체에 들어갔다고 한다.

그리고 그 공동체에서 아버지를 만났다. 당시 아버지는 어머니의 방 앞에 널려 있는 빨래가 어찌나 눈부시게 희던지 거기에 마음이 끌렸다고 한다. 처녓적 어머니는 그 빨래처럼 '흰 광목' 같은 여자였 다고 하시던 말씀이 생각난다. 그렇게 만나 결혼을 하고 결국 그 공 동체를 떠난 아버지와 어머니가 처음으로 자리를 잡은 곳이 충청도

논산에 있는 에덴보육원이다. 그후로 공부는 꿈도 못 꾼 채 수십년이 흘러갔다. 그런 선택을 후회하지는 않지만, 중단한 공부에 대한 갈망은 쉽게 꺼지지 않았던 모양이다. 이제 머리가 희끗희끗한 나이가 되어서야 그 꿈을 이루게 된 어머니의 표정 속에는 두려움보다는 설렘이 더 많이 깃들어 있었다.

입학식이 며칠 남지 않았을 무렵이었다. 어머니 얼굴에 두드러기 비슷한 게 솟아 불긋불긋 목까지 번져 있었다. 얼굴이 왜 그러느냐고 여쭈었더니 염색약 때문이라고 하셨다. 평생 직장생활을 해도 지분(脂粉) 한번을 얼굴에 대지 않으신 어머니가 염색을 다 하시다니, 학교가 좋긴 좋은가보다고 놀리기까지 했다. 그런데 알고 보니, 어머니가 잠이 든 사이에 아버지가 몰래 염색을 해주셨는데 염색약이 안 맞아서 그렇게 되신 거라고 한다. 아버지 정성을 생각하니 화를 낼 수도 없고, 늙어서 학교 가는 벌을 톡톡히 치른다며 어머니는 씨익 웃으셨다. 학교 가는 아내에게 무언가 해주고는 싶은데, 옷 한벌 사줄 만한 여력이 없으신 아버지의 마음이 손에 만져지는 것 같아 우리 모녀는 웃었지만 조금 쓸쓸하기도 했다.

나는 목욕탕 구석에 놓여진 검은 칫솔을 찬찬히 바라보았다. 아내가 잠든 사이에 한올 한올 아내의 흰머리를 빗어넘겼을 한 노인의 늙지 않은 마음을. 누군가의 머리를 검게 물들이면서 스스로도 검게 물든 그 칫솔을. 그러면서 내 마음도 잠시 물들어 옛날 아버지가 반했다는 어머니의 흰 광목 빨래를 떠올려본다. 내가 태어나기도 전에 빨아 널었을 그 빨래는 아직도 거기서 얼면서 말라가고 있을 것만 같다. 그런데 그때 청년이었던 아버지는 알고 계셨을까, 사랑하는 사람의 머리가 그 흰 빨래처럼 희끗해질 날이 오리라는 걸. 그리고 그 머리를 칫솔로 빗어넘기며 검게 물들여줄 날이 오리라는 걸.

유릿조각

내 어머니가 그랬듯이 아이의 손을 잡고 오늘은 내가 밤길을 간다. 아이는 내가 세상의 어둠으로부터 저를 지켜줄 유일한 사람이라도 되는 것처럼 내 손을 꼬옥 잡는다. 그러다가 갑자기 굉장한 걸 발견한 듯 손을 끌어당기며 외친다.

"엄마! 저기 보석이 있어요."

아이는 골목 입구의 폐차장 쪽을 가리키며 그리로 달려가려고 한다. 그곳엔 외등의 불빛을 받아 무언가 반짝거리고 있었다. 아마도 부서진 차체에서 흩어져나온 유리조각일 것이다. 낮에 그 앞을 지나오면서 아이들이 뛰어놀다 밟으면 위험할 텐데 하고 생각했었다.

"성주야. 빛난다고 다 보석은 아니란다. 저건 깨진 유리조각일 뿐이야. 잘못 만지면 다쳐."

나의 말에도 아이는 아랑곳하지 않는다.

"아니에요. 보석이란 말이에요."

아이와 가벼운 실랑이를 벌이다가 문득 이런 생각이 스쳐갔다. 이럴 때 나의 어머니라면…… 어머니는 아마도 나에게 "그래, 보석이 맞아, 보석이 참 예쁘구나" 하고 말씀하셨을 것이다. 그리고 나는 그 반짝이는 게 보석이라고 믿으면서 자랐을 것이다. 어느 대낮 빛을 잃고 흙먼지 속에 뒹굴고 있는 유리조각의 초라함에 스스로 실망하기 전까지는, 또는 빛나는 그것에 손을 베이기 전까지는.

어린 시절 어머니의 손을 잡고 밤에 개울을 건넌 적이 있다. 지금 내 아이가 그러듯이 어린 나도 어머니의 손을 꼬옥 잡았으리라. 그때 나는 어머니에게 물었다.

"엄마! 하나님 목소리를 들어봤어요?"

"그럼, 들었구말구."

"어떤 목소린데요?"

"마치 저 물소리들을 합쳐놓은 것 같지."

나는 물소리를 들으려고 귀를 쫑긋거렸고, 또렷하지는 않지만 들릴 듯 말 듯 한 어떤 소리가 내 마음에 들려오는 것 같기도 했다. 그리고 바람이 불 때마다 불빛에 반짝이는 물비늘의 모습은 낮에 볼 때와는 아주 다른 느낌이었다.

그렇게 어머니 무릎 아래서 키워온 신앙은 거의 잃어버렸다. 어린 시절 주머니에 불룩하던 유리구슬들이 하나 둘 어디론가 굴러가버린 것처럼, 신앙뿐 아니라 세상을 향한 맑은 눈도 잃어버렸다. 그래도 물가에 앉을 때면 그 많은 물소리 속에서 어떤 음성이 섞여 들리는 것 같아 귀기울이곤 하는 것은 어릴 때 어머니의 말을 아직 기억하고 있어서일 것이다.

그러나 나는 지금 아이에게 말하고 있지 않은가. 빛나는 게 다 보석은 아니라고. 어머니를 떠올리는 순간 나는 내 속의 빛 하나가 이미 오래 전에 사라져버렸음을 느꼈다. 유리는 유리일 뿐이라는, 현실에 대한 쓸쓸한 깨달음만이 그 빛의 자리를 대신하게 되었음을 말이다.

유리조각이 불빛에 반짝이는 것은 그것이 더이상 한장의 유리일 수 없도록 깨어졌기 때문이다. 깨어진 유리의 날, 그 속에는 제 몸을 잃어버린 슬픔이 간직되어 있다. 그리고 세상엔 정작 눈부신 보석보다는 제 슬픔의 빛을 빌려 살아가는 유리조각 같은 존재가 더 많을 것이다. 그 슬픔들이 밤마다 되살아나 저렇게 반짝이고 있는 것은 아닐까.

어린시절 우리의 눈에 비친 세상은 왜 그리도 아름다웠는지, 모든 게 반짝이고, 그래서 모든 게 보석처럼 마음에 와 박혔는지…… 그때의 빛은 잃어버렸지만 또다른 슬픔의 빛 하나를 받아들이며 나는 오늘 밤길을 간다. 한 어린 영혼의 손을 잡고.

오래된 내복처럼, 우리는

지난 겨울 모처럼 많은 동인들이 한자리에 모였다. 계룡산 아래 산장에서 밤을 보내면서 우리의 이야기는 끝도 없이 이어졌다. 열번째 동인지를 내게 되는데, 지금쯤 동인활동에 어떤 전기가 필요하지 않겠는가 하는 얘기가 나왔고, 이제 늙은이들(마흔도 안된)은 빠지고 젊은 세대가 새롭게 시작해보는 것은 어떠냐는 얘기도 있었다. 또 누군가는 늙어 죽을 때까지 '시힘' 동인을 할 거라고 사수의 각오를 내보이기도 했다. 도대체 동인이 뭐기에, 무슨 벼슬이라도 되느냐며 우리는 함께 웃었다.

생각해보면 이런 실랑이는 꼭 제10집 발간을 앞두어서만은 아니었다. 십삼년 전 선배들이 '시힘' 동인을 처음 만들 때도(물론 그때 나는 시인이 되리라고 생각조차 못한 대학생이었지만) 어느 여관방에선가 비슷한 풍경이 벌어졌을 것이다. 왜 동인을 만들어야 하고, 앞으로 어떻게 해나갈 것인가에 대해 머리를 맞대고 의논했을 것이다. 우리의 이런 이야기는 늘 끝이 나지 않았고, 우리의 질문에는 이렇다 하게 준비된 논리적인 대답이 없어 보였다.

그런데도 부산에서, 울산에서, 전주에서, 대전에서, 서울에서 먼 길을 마다하지 않고 모이는 걸 보면 신기하기까지 하다. 나 역시 그날 대전 모임에 가기 위해 18개월 된 아기를 업고 영등포역의 인파를 헤치면서 생각했다. 대체 이 무거움을 참고 땀을 훔쳐내면서 거기에 가야 하는 이유는 무엇일까. 나를 그 어리숙한 얼굴들에게로 이끄는 힘은 무엇일까. 바로 그것이 '시힘'의 힘일까, 라고.

사실 십삼년째 동인을 지켜왔다고 세상이 새삼 주목해줄 리도 없고, 십삼년 만에 동인을 해체한다고 해서 누구 하나 애석해할 리도 없지 않은가. 강렬한 목소리를 지닌 수많은 동인들이 80년대 죽순처럼 피었다가 사라진 것도 이미 오래 전, 지금까지 동인을 유지하고 있다는 게 순수의 증표만은 아니지 않은가. 오히려 철저한 자기규명과 자기부정을 수행하지 못한 게으름 때문에 우린 아직도 이러고 있는 것은 아닌가. 동인이 친목계가 아닌 이상 우리를 묶고 있는 문학적 끈에 대해 좀더 치열하게 고민했어야 하지 않을까. 그 치열성을 담보해낼 힘이 없다면 동인의 생명은 이미 실제적으로는 끝나버린 게 아닐까…… 모두들 그런 생각을 하면서 그곳에 이르렀을 것이다.

그러나 반드시 그렇게만 말할 수 없는 끈끈한 어떤 것이 우리 속에 흐르고 있는 게 아니냐고 그 눈동자들은 말하고 있었다. 그럼 우리 속에 흐르고 있는 그것, 우리를 하나로 묶어주고 있는 그것, 그것은 무엇일까. 그것을 묻는 일은 마치 십년 넘게 살아온 부부에게 갑자기 왜 함께 사느냐고 묻는 일처럼 새삼스러운 것 같기도 하다. 어리둥절한 표정으로 "글쎄, 그냥……"이라고 대답할 때, 그 대답 속에는 십년 이상 쌓여온 세월의 무게, 함께 늙어가기 시작한 존재에 대한 연민과 사랑 같은 게 담겨 있기 마련이다. 나는 그날 밤 동인들에게서 그런 걸 느꼈다. 늙어가기 시작한 얼굴들. 그러나 시와 함께 영원히 늙고 싶지 않은 얼굴들.

밤이 늦어 영혼이 덜 늙은 사람들은 술집을 찾아 나가고, 애경언니와 나는 아기를 사이에 두고 누웠다. 동인 모임이 있을 때마다 우리는 그렇게 한방을 썼고, 어느새 내복바람으로 자도 부끄러워하지 않는 사이가 되었다. 내복을 입고 누운 두 여자, 그날 따라 그 내복이 주는 어떤 쓸쓸함과 동질감 같은 게 유난스럽게 느껴졌다. 내복을 입지 않고는 겨울을 날 수 없을 만큼 우리는 더이상 젊지 않은 것이다. 그리고 식솔이 아닌 누군가에게 내복자락을 내보일 만큼 마음도 나이를 먹은 것이다. 젊음을 '시험'이라는 울타리 속에서 함께 보냈다는 사실만으로도 우리는 식솔이 다 되었다, 마치 오래된 내복처럼 서로를 껴입고.

다음날 아침, 하늘이 흐려서인지 까치들이 낮게 날아다녔다. 앙상한 나뭇가지 사이로 또하나의 집을 짓기 시작한 까치들. "새들이 세계에 대한 본능적인 믿음을 갖지 않았더라도 그들의 보금자리를 만들었을까?" 나는 바슐라르의 이 말을 이렇게 바꾸어 중얼거려본다.

'우리가 세계에 대한 본능적인 믿음을 갖지 않았더라도 시를 계속 써올 수 있었을까. 그리고 우리가 서로에 대한 본능적인 믿음을 갖지 않았더라도 동인을 만들고 지켜올 수 있었을까.' 그렇다. 저 새가 집을 짓는 것처럼, 우리가 사는 일이, 또 시를 쓰는 일이 결코 헛되지만은 않다는 것을 말해줄 누군가가 필요했던 것이다. 세계에 대한 본능적인 믿음마저 위협받는 시대에 시 쓰는 일의 외로움을 함께 견뎌줄 누군가가 그리웠던 것이다. 그것만으로도 동인의 의미는 충분하지 않은가.

물론 한 시대에 있어 동인이 가지는 의미와 방향성은 객관적으로 논의되고 검토되어야 할 문제이다. '시힘' 동인에 대해서는 "다양한 목소리로 민중적 서정성"을 추구한다거나 "주변성, 외곽성의 가치를 정통적 서정시로 노래"해왔다는 정도로 뭉뚱거려 평가되었을 뿐 동인 전체의 시세계를 포괄할 수 있는 적절한 수사를 발견하기는 쉽지 않다. 그것은 각자가 개성과 문학적 역량을 비교적 고르게 갖추고 있으면서도 사상적 방법적 동질성이 약하기 때문일 것이다. 그리고 우리 동인들의 삶의 기반이나 문단에서의 위치 역시 중심부보다는 주변부에 더 가깝다고 할 수 있다. 새로운 동인들이 들어오고 해서 이제 적지 않은 수가 되었지만, 문단에서 권력이나 세력을 형성한다든지 담론의 중심에 선다든지 하는 일과는 애초부터 거리가 멀었다.

앞으로도 다소의 변화를 겪겠지만 주변부 특유의 표정과 목소리는 크게 달라지지 않을 것 같다. 현란한 언어나 유행하는 제스처로 눈길을 끌기보다는 담담하고 자그마한 목소리로 무어라 중얼거리는 사람들. 그러나 그 재미없고 덧없는 짓을 누구보다도 오래오래 붙들고 있을 사람들. 나는 그런 점에서 '시힘'이 끝까지 주변부에 남아 있기를 바란다. 원래 시인의 자리는 주변부니까. 주변부야말로 세상을 눈여겨보기 좋은 자리이고, 이룰 수 없는 꿈을 얼마든지, 자유롭게, 그리고 끝까지 꿀 수 있는 자리니까.

지난 겨울의 만남에 대해 쓰고 있는 지금은 어느덧 봄날이다. 검은 나무등걸에서 연초록잎이 돋아나고 있다. 나무는 늙었어도 나무가 내어놓는 잎은 해마다 새 잎이다. 저 나무에 기대어서밖에는, 거기에 집을 짓고 노래하는 새들에 기대어서밖에는 우리의 존재를 설명할 길이 없다. 본능에 가까운 우리의 믿음을 이렇게밖에는 말할 수가 없다.

그곳에 무등이 있었다

광장목욕탕은 말 그대로 광장에 있었다. 광주의 금남로, 충장로, 재봉로가 만나는 도청 광장. 그러나 그 번화한 거리 어디에서도 지나간 역사의 상처를 읽을 수는 없었다. 도청 앞 몇그루의 나무만 그대로 남아 있을 뿐 역사의 광장은 어느덧 소비의 광장으로 변해버린 듯했다. 어찌 보면 목욕탕이란 곳 역시 소비문화에서 빼놓을 수 없는 곳 중의 하나다. 그러나 '사우나'라는 말과는 그 어감이 무척이나 다른 '목욕탕'이란 말은 싱그러운 비누냄새와 함께 생활의 훈기 같은 걸 느끼게 한다. 집에 더운물이 나오지 않고 욕실이 따로 없던 시절 서민들에게 목욕탕이란 또하나의 우물가 같은 게 아니었던가.

해질 무렵이라서인지 탕에 있던 손님들은 거의 돌아갔고, 최경숙 씨는 어림잡아 백 장도 넘는 수건을 빨아 막 널려던 참이었다. 매일 새벽 네시 사십오분에 일어나 딸아이의 도시락을 챙겨놓고 목욕탕으로 출근하는 그녀의 일과는 전날 널어놓은 수건을 걷어 개는 일부터 목욕탕 청소, 물관리, 그리고 휴게실에서 커피와 음료, 속옷 등을 파는 일로 분주히 이어진다. 그렇게 하루를 보내고 저녁 일곱시가 넘어 다시 수건을 빨아 널 때쯤 돼서는 온몸이 노곤해져온다.

그러나 그녀는 저녁마다 찾아오는 그 노곤함이 정든 친구 같다고 말한다.

"아직은 일이 있고, 건강해서 일하고 살 수 있는 것, 그것만으로도 저는 행복해요."

이렇게 말하는 그녀는 얼핏 보면 고생을 모르고 산 사람처럼 여리고 맑기만 한 인상이다. 처음엔 이곳 일이 익숙지 않아 엉뚱한 사람한테 우윳값 달라고 하고, 손님이 말을 조금만 거칠게 해도 무서워 화장실에 숨기도 했다고 한다. 그러나 이젠 누가 우유를 좋아하는지 누가 커피를 좋아하는지 말을 안해도 알고 갖다줄 정도가 되었다.

잠시 후에 이 목욕탕에서 5년째 함께 일을 해온 은숙 이모와 초롱이 이모가 때미는 일을 마치고 탕에서 나온다. 광장목욕탕에서는 모든 사람을 나이와 관계없이 '이모'라고 부른다. '언니'도 아니고 '아줌마'도 아니고 '누구 엄마'도 아니고 '이모'라니! 누구도 옷을 걸치지 않는 이곳에서는 모두가 똑같이 몸뚱이 하나씩 지닌 존재가 되어 삼촌간이나 사촌간처럼 가까워지기 때문이리라.

세 이모들이 옷을 입은 뒤, 우리는 거리로 나섰다. 저녁을 먹고 소주잔을 기울이면서 우리는 하룻밤이었지만 오래 사귄 친구들처럼 허물없이 이야기를 나누었다. 그건 술기운 때문이기도 했겠지만, '이모'의 문화 속에서 길러진 사교성과 솔직함 덕분이기도 했을 것이다.

하기야 서로 옷을 입지 않은 모습을 보여준 바에 무엇이 더 부끄럽고 망설여질 것이 있겠는가. 그런 분위기 속에서도 한구석에 조용히 앉아 얘기를 듣고만 있는 사람, 손으로 입을 가리고 웃기만 하는 사람, 말은 적게 하고 술잔은 가장 빨리 비우는 사람, 최경숙씨.

반면 은숙 이모와 초롱이 이모는 아주 활달한 성격이었다. 하루종일 때를 밀고 지쳐 있을 법도 한데, 그들은 자신들의 인생역정을 걸쭉한 사투리로 들려주었다. 처음 때미는 일을 시작했을 때는 괜히 눈물이 나고 힘들어서 눈물이 나고 그랬단다. 어깨가 얼마나 아픈지 도저히 팔을 움직일 수 없을 지경인데도, 그래도 하지 않으면 안된다는 생각에 쏟아지는 눈물을 주체할 수 없었다고…… 그러나 손님들은 자기의 등 위에 떨어지는 것이 물인지 땀인지 눈물인지 알 수 없었을 거라고 말했다. 그렇게 힘들여 버는 돈이 얼마나 되느냐고 물었더니, 은숙 이모는 싱긋 웃으며 "국장급!" 하고 자신있게 외쳤다.

다음날 새벽. 날이 밝기도 전에 나는 광장목욕탕으로 향했다. 새벽 하늘에 남아 있는 조각달과 별 몇개, 그리고 멀리 무등산 위로 먼동이 터오는 모습, 새벽마다 최경숙씨가 만난다는 그 아름다움을 단 하루라도 느끼고 싶어 일찍부터 서둘렀던 것이다. 그녀는 전날 마신 술이 적지 않았음에도 불구하고 벌써 나와 수건 정리와 욕실 청소를 끝내고 탕에 물까지 받아놓은 뒤였다.

얼마 후 말로만 듣던 단골들이 하나 둘 모여들기 시작했다. 낚시가게 뜰이 이모, 황혼의 아름다움을 지닌 시내 이모, 갈비집 하는 우림 이모, 하숙을 치는 은주 이모, 온실의 화초 같은 대주 이모…… 사람이 들어설 때마다 한마디씩 던진다.

"오늘은 어쩐 일로 이렇게 일찍 오셨소?"

"내가 늦게 오믄 지각비를 내라고 그렸어. 그랑께 그려."

"이모야, 며칠 뜸하더니, 얼굴이 쫘악 빠져부렀네. 으디 아펐어?"

"누가 해바라기 한송이를 저렇게 탁 꽂아놓았대? 참 이쁘구만."

목욕탕 탈의실 안은 얼마 가지 않아 이모들의 맛깔스런 전라도 사투리로 가득 찬다. 아침부터 먹을 걸 만들어오는 이도 있고, 포도를 한아름 사오는 이도 있다. 그런데 이상한 것은 목욕하러 온 사람들이 탕에는 안 들어가고 탈의실에 앉아 일어날 줄을 모른다는 것이다.

"빨리 뜨건 물에 몸 담그지 않으믄 죽겠어서 오는디, 차암 이상혀. 목욕탕 문만 들어서믄 욕탕에 들어가기 싫고 요로초롬 죽치고 앉아 있고만 싶으니 말여."

"어제는 증말 시간이 안 가대. 화요일이라 목욕탕이 쉬니께."

매일 만나도 무슨 이야기가 그리 많은지, 이것도 중독이라면 일종의 중독이다 싶었다. 하루라도 서로 얼굴을 안 보면 궁금하고, 한시간이라도 수다를 안 떨면 입이 심심하고, 하루라도 뜨거운 물에 몸을 안 담그면 몸이 근질근질한 병. 그들에게는 목욕이란 단지 몸을 씻는 행위가 아니라, 매일매일 자신이 살아 있음을 확인하는 의식과도 같은 거라는 생각이 들었다. 수다가 섞인 그 시간을 통해 피로도 풀고, 사람도 사귀고, 세상 돌아가는 얘기도 듣고, 남자들이 술로 풀듯이 모든 걸 물로 푸는 여자들만의 이런 공간이 있다는 걸 나는 그제서야 알았다.

사실 나는 십년 넘게 공중목욕탕에 간 적이 거의 없다. 남들 앞에 벗은 몸을 보이는 것이 쑥스럽기도 하고, 더운물에 몸을 푹 담그고 쉰다든지 마사지를 한다든지 하는 여유나 즐거움조차 모르고 살았다. 그래서 매일 목욕탕에 드나드는 여자들을 시간 있고 돈 있는 팔자 좋은 여자들이나 앉아서 수다나 떨고 몸만 가꾸는 여자들이라고 생각해온 것이 사실이다. 그러나 돈 이삼천원으로 얻을 수 있는 행복감과 나눌 수 있는 정이 이렇게 큰 것이라면, 자신의 존재를 매일매일 몸을 통해 확인하면서 삶에 탄력을 얻을 수 있다면, 이것도 괜찮은 방법이라는 생각이 든다. 오히려 옷을 잔뜩 껴입고 어정쩡하게 그들 뒤에 앉아 있는 나 같은 관찰자야말로 인생의 절반은 모르고 살고 있는 게 아닌가 싶기까지 했다. 그동안 내가 걸치고 살아온 옷이 그날처럼 무겁고 답답하게 느껴진 적은 없다. 그 의식의 옷에 갇혀서 나는 내 몸의 어디에 어떤 점이 있는지조차 모르고 살아온 것이다.

이제, 술자리에서도 목욕탕에서도 줄곧 입을 다물고 있던 최경숙 씨 얘기를 해야겠다. 손님이 좀 줄어든 시간을 기다려 우리는 찻집으로 갔다. 그녀의 이야기를 들으려면 왠지 차분한 분위기가 필요할 것 같아서였다. 차 한잔을 앞에 두고 그녀는 자신이 살아온 얘기를 아주 담담하게 들려주었다.

그녀의 고향은 강원도 봉평. 국민학교 1학년 때 아버지가 돌아가시고, 어머니도 없이 할아버지 할머니 밑에서 자랐다고 한다.

"아버지를 생각하면, 추석 때 우리집 마당에서 긴 열두 발 상모를 돌리시던 모습이 떠올라요. 그렇게 추석날 노시고, 그 다음날 삼척에 있는 탄광으로 돈 벌러 떠나셨는데, 이상하게 어린 나이에도 아버지가 가시는 길이 뭔가 안 좋다는 느낌이 들었어요. 그런데 다음날 학교 갔다가 오는데, 동네 아줌마가 제 아버지가 돌아가셨다고 그러는 거예요. 겁이 나서 집에도 못 가고 논두렁에 쪼그리고 앉아 집 쪽을 봤는데, 할머니가 우시고 집이 난리가 났어요. 그후로 학교에도 제대로 못 다닌 저에게 너는 여자니까 오빠 뒷바라지하면서 살아야 한다고 할머니는 늘 말씀하셨어요. 그런데 저도 역마살이 있는지 소를 몰고 뒷동산에 오르면 괜히 떠나고 싶다는 생각, 더 넓은 세상을 보고 싶다는 생각이 많이 났어요."

열일곱살 때였던가, 일찍 도시로 나가 가발공장에 다니던 친구들이 설을 쇠러 고향에 왔다. 도시물 먹은 친구들을 보니까 따라가고 싶은 생각이 굴뚝 같았다. 그래서 산림조합에서 나무 심는 일을 해서 모아놓은 돈을 챙겨들고, 언젠가 도시로 갈 때 입으려고 장롱 서랍 깊숙이 넣어둔 스웨터를 꺼내 입고, 두 갈래로 머리를 땋아내린 산골소녀는 붙잡는 할머니를 뿌리치고 고향을 떠났던 것이다.

"그땐 눈도 많이 왔는데, 걸어서 재를 넘어 봉평장에 갔어요. 친구들은 부모님이 새로 해준 이불짐을 한 보따리씩 이고 서울로 가는데, 저는 이불 한채 없이 객지로 나왔지요."

그렇게 도시로 올라와 처음 일자리를 얻은 곳이 인천의 가발공장.
가발을 박는 미싱일을 배우는 동안에는 한달에 6500원을 받았고,
기술자가 되고 나서는 일한 양에 따라 6만원 정도를 받으며 일을 했
다. 그러다가 우연히 미국으로 기술자를 보내는 곳이 있다는 말을
듣고 그곳을 찾아갔다. 그런데 중학교 졸업은 해야 한다고 해서 다
시 한번 절망감을 맛보았다. 못 배운 게 그때는 왜 그리도 한이 되
던지, 어떤 달은 월급 전체로 책을 사서 보기도 했다. 인천 가발공장
이 문을 닫게 되어 그녀는 다시 영등포 근처에서 공장생활을 시작
했다. 그러면서 친구의 소개로 남편을 만났고 딸아이를 낳았다.

"시집 올 때도 집안에 챙겨줄 어른이 안 계시니까, 혼수 이불도
동대문시장에 가서 옥양목을 떠다가 제가 손수 했어요. 아기 낳으
러 갈 때도 돌아와 먹을 미역국 제 손으로 미리 끓여놓고 병원에 갔
구요. 남한테 부탁하는 거, 저는 잘 못해요. 깨끗한 걸 좋아하는 성
격이지만, 모가 난 거라고도 볼 수 있지요."

결혼 후 남편의 직업이 일정치 않아 고생도 많이 했고 몸도 많이
아팠다고 한다. 현실이 그렇게 힘들게 느껴질 때마다 그녀는 산에
다니면서 마음을 다독거리고 작은 욕심이나 기대마저도 버리려고
노력해왔다. 일찍이 사람에게서 받지 못한 위로와 사랑을 그녀는
산에 가서 느끼는 것 같다.

"아버지, 할머니, 할아버지, 고모부, 어려서 너무 많은 죽음을 겪
고 나니까, 사람 사는 게 너무 아무것도 아니라는 생각이 들고, 가
슴에 늘 뭔가 꽉 맺혀 있는 것 같았어요. 그리고 힘이 들 때마다 저

는 이상하게 옛날 생각이 많이 나요. 그러면 그 행복하지 못한 기억들에서 벗어나려고 일에 무작정 매달리거나 혼자서 산을 오르곤 했어요. 산에 오르면 사람 사는 일이 아주 작게 보이거든요. 제가 산을 좋아하게 된 것도 그 때문인가봐요. 요즘도 어떤 날은 일에 지쳐서 누워 있으면 정말 꼼짝을 못하겠어요. 내 자신이 송장 같고……그러다가도 몸을 벌떡 일으켜서 산에 다녀오고 나면 힘이 나고 그래요."

그녀는 목욕탕이 쉬는 화요일이면 어김없이 무등산에 오른다. 광주에 뿌리내린 지도 이제 8년, 한없이 여린 듯하지만 누구보다도 꿋꿋하게 삶을 헤쳐온 그녀의 가슴에도 어느새 무등이 한 봉우리 솟아 있는 것 같았다. 나는 그녀와 헤어지면서 서정주의 「무등을 보며」라는 시를 가만히 떠올렸다.

가난이야 한낱 남루에 지나지 않는다
저 눈부신 햇빛 속에 갈매빛의 등성이를 드러내고 서 있는
여름 산 같은
우리들의 타고난 살결 타고난 마음씨까지야 다 가릴 수 있으랴

청산이 그 무릎 아래 芝蘭을 기르듯
우리는 우리 새끼들을 기를 수밖엔 없다
목숨이 가다 가다 농울쳐 휘어드는
오후의 때가 오거든
내외들이여 그대들도

더러는 앉고
더러는 차라리 그 곁에 누워라

지어미는 지애비를 물끄러미 우러러보고
지애비는 지어미의 이마라도 짚어라

어느 가시덤풀 쑥굴헝에 뇌일지라도
우리는 늘 옥돌같이 호젓이 묻혔다고 생각할 일이요
靑苔라도 자욱이 끼일 일인 것이다.

　무등산이 거대한 역사의 산이면서도 동시에 어찌할 도리도 없이
살아가는 수많은 지어미와 지아비들의 산이기도 하다는 것을 나는
광주에 와서 알게 되었다. 그리고 도시 어느 구석에서 하루 종일 햇
빛을 보지 못하고 살아도 가슴에는 푸른 이끼 낀 산 하나씩을 키우
며 살고 있는 목욕탕의 '이모'들을 만날 수 있었다. 그래서 무등산은
그곳을 오르는 사람에 따라 아주 높은 산이 되기도 하고, 때로는 아
주 낮은 산처럼 여겨지기도 하는 모양이다.

그 불켜진 창으로

옛날에 행복과 불행이 함께 살았다. 행복보다 힘이 센 불행은 행복을 보기만 하면 못살게 굴었다. 행복은 견딜 수 없어서 이리저리 피해다니다가 더이상 피할 곳이 없어서 하늘로 날아 올라갔다. 제우스신은 행복에게 이렇게 말했다.

"세상 사람들은 너희를 좋아하고 너희를 기다리고 있으니 여기서만 살 수는 없지 않느냐. 그러니 한꺼번에 내려가지는 않더라도 여기서 갈 곳을 잘 보아두었다가 하나씩 하나씩 내려가도록 해라. 행복을 얻을 자격이 있는 사람에게로."

이렇게 해서 이 세상에서 행복은 좀처럼 볼 수 없게 되었고, 불행은 숱하게 굴러다니게 되었다는 이솝 우화가 있다.

그래서인지 사람을 만나면 만날수록, 더욱이 깊이 만나 그 속내를 들여다볼수록, 세상에 행복한 사람은 참 없다는 생각을 하게 된다. 자신의 불행의 목록들을 늘어놓는 사람들은 많아도 "나는 행복한 사람이다"라고 소리 높여 자신있게 말하는 사람을 나는 거의 보지 못했다.

그런데 얼마 전에 그런 부부를 만난 적이 있다. 결혼한 지 21년이나 되었는데, 그동안 단 한번도 부부싸움이란 걸 안했다는 부부가 있다면 누가 믿겠는가? 사람인 이상 어떻게 그럴 수가 있느냐고, 그렇다면 그건 부부가 아니거나 서로가 사랑하지 않기 때문이라고들 말할 것이다. 우리는 싸움을 통해 사랑을 확인하고 고통을 통해 삶의 진실을 터득하는 방식에 너무나 익숙해져왔다. 또한 순탄한 사랑이란 없다는 것을 무슨 진리처럼 믿으며 우리의 불행을 위로해오곤 했다.

결혼 10년 동안 적지 않은 부부싸움 끝에 이제야 충돌을 피해 돌아가는 요령을 조금씩 터득해가는 나로서는 그 부부의 깨져본 적 없는 평화가 의아스럽기까지 했다. 사람들에겐 남의 행복을 쉽게 인정하지 않으려는 속성과 자기의 불행을 정당화하려는 속성이 공존하고 있는데, 나 역시 얼마간은 그런 눈으로 그 부부를 바라본 게 아닌가 싶다. 정말 단 한번도 싸우지 않았느냐고 재차 물으면서 내가 확인한 것은, 행복에 대한 의심과 폄하의 오랜 습관이 내 속에도 완강하게 뿌리내리고 있다는 사실이었다.

그것은 내가 문학을 하는 사람이기 때문에 과도해진 면도 있다. 문학이란 대체로 이 세상에 방목되고 있는 불행이라는 말을 타고 가장 궁벽진 곳까지 스스로를 몰아간 자들의 기록이기 때문이다. 그러는 사이에 행복을 알아볼 수 있는 눈은 잃어버리고, 스스로의 불행을 문학의 식량으로 삼으면서 야위어가는 것은 아닐까 생각해볼 때도 있다.

그런데 그 부부의 행복의 비결은 아주 단순한 것이었다.

"싸울 일이 뭐가 있어요? 서로 한 걸음씩만 물러서면 되지. 내가 싫으면 상대방도 싫을 것이고 내가 귀찮아하는 일은 상대방도 귀찮은 거 아니에요? 그것만 서로 잊지 않고 살면 되는 거죠."

이렇게 말하는 남편은 실제로 자상하기 이를 데 없는 사람이었다. 더우면 더워서 고생했다, 추우면 추워서 힘들었지, 늘 따뜻한 말을 잊지 않는 남편. 나갈 때는 꼭 끌어안고 입맞춰주고, 집에 돌아와서는 빨래 걷어주고 야채도 다듬어주고 아이들 교복도 기분 좋게 다려주는 남편. 저녁을 먹고 나면 팔짱을 끼고 산책을 나서고, 주말에는 함께 산에 오르는 그 부부에게 불행해질 틈은 별로 없어 보였다.

그런 남편이니까 21년을 살면서 안 싸울 수 있었겠지, 이렇게 생각할 사람도 적지 않을 것이다. 그러나 부부란 그 어떤 관계보다도 일방적인 것이 통하지 않는 관계가 아닌가 싶다. 이번엔 아내가 말한다.

"저요? 저는 조금은 바보인 것처럼 살아요. 푼수끼도 부려가면서. 남편이 지쳐 보인다 싶으면 그 사람 앞에서 애들처럼 노래도 부르고 춤도 추고 재롱을 부릴 때도 있는걸요."

작은 몸집에 귀염성있는 얼굴에는 웃음이 떠날 새가 없다.

그들이 꾸린 행복의 공간은 참으로 자그마했다. 방이 둘인 반지하에서 아이 둘과 살고 있지만, 두 사람이 끊임없이 피워내는 온기 때문에 그 볕이 잘 들지 않는 집이 전혀 어둡지 않게 느껴졌다. 그리고 책꽂이에 가지런하게 놓여 있는 책들. 펄벅의 『대지』, 고리끼의 『어머니』, 이태의 『남부군』…… 이런 책들이 세계문학전집과 함께 꽂혀 있었다. 어릴 때부터 독서를 좋아하고 작가가 꿈이었다는 아내를 위해 남편이 한권 한권 사다준 책들이다. 아내는 동네 작은 회사에서 미싱일을 하고 늦게 돌아오지만, 아무리 피곤해도 책 읽고 신문 통독하는 일을 거르지 않는다. 이제는 작가가 되기 위해서가 아니라 커가는 아이들과 대화를 놓치지 않기 위해서. 그리고 주말에는 산이나 고궁에 함께 다녀온다. 좁은 집이 그들의 마음마저 가두지 않는 것도 그 덕분이다.

"지난주에는 북한산에 갔었어요. 노적봉 중간턱에 웅덩이가 하나 있는데, 거기 송사리들이 사는 거예요. 물이 조금밖에 안 남았는데, 요즘 비가 안 와서 맨날 걱정이 돼요. 자다가도 밥 안치다가도 그 송사리들 걱정을 하니까, 저 사람이 이번 주말에 꼭 다시 가보자고 했어요. 지금쯤 노적봉에도 단풍이 들었겠지요?"

"북한산 노적봉 올라가면서 뽀뽀하는 사람들은 우리밖에 없어."

이 말을 하면서도 남편은 아내를 꼬옥 끌어당긴다. 남 앞에서도 스스럼없이 서로를 껴안고 다독거리는 두 사람의 옷자락에는 무슨 자석이라도 달려 있는 것 같았다. 헤어지지 않으려고 무너지지 않으려고 서로를 강력하게 끌어당기고 있는 힘, 사랑보다 강한 그것을 대체 무어라 불러야 할까?

그 부부의 사는 모습을 들여다보는 동안 나는 나도 모르게 무장해제당한 사람처럼 그들의 행복을 의심쩍게 바라보던 처음의 시선을 내려놓았다. 두 사람은 언뜻 인생의 순진한 승객들 같아 보였지만, 실은 가정이라는 배를 저어 인생을 건너가는 아주 노련한 사공이라는 생각이 들었다. 물론 21년이란 시간은 누구든 노련하게 만들어놓기에 충분한 시간이다. 그것이 부부관계든, 공부든, 일이든, 외로움이든, 자기 나름대로 견뎌나갈 방식을 시간은 터득하게 만들어준다. 그러나 노련해지는 만큼 처음에 가졌던 신선한 느낌들이 무디어지고 시들해지기에 충분한 시간이기도 하다.

그런데 그 부부의 삶은 처음의 사랑과 추억을 다치지 않고도 함께 살아갈 수 있는 가능성을 내게 보여주었다. 그 작은 가능성이 바로 행복이 지상에 내려가려고 보아둔 자리라도 되는 것일까. 이런 생각들을 하면서 나는 나의 자리로 되돌아왔다. 남편과 아이들이 기다리고 있는 내 집으로. 때로는 싸움터이기도 했던, 그러나 때로는 행복이 나도 모르게 우리 곁에 앉았다 가기도 했던 그 집으로. 그 불켜진 창으로.

햇빛과 비

　계절은 이미 여름에서 가을로 넘어서고 있었다. 눈앞의 푸르름은 여전하지만, 들판에 익어가는 벼이삭에도 나무들의 잎새 끝에도 가을의 기운이 조금씩 느껴지는 듯했다. 사람의 삶에도 계절이 있다면, 아마도 그녀는 바로 이즈음 같은 얼굴을 가졌으리라. 한번도 본적 없는 그녀를 찾아가는 길, 그녀와 내가 말띠 동갑이라는 사실 하나만으로도 나는 그녀의 얼굴을 떠올릴 수 있을 것 같았다. 신록의 봄을 지나, 성하의 계절도 거의 지나, 꼭 지금처럼 가을빛이 조금씩 비치기 시작했을 그녀의 얼굴을.

　동대구역에 내려서 화원읍으로 들어가는 버스를 탔다. 도심에서 꽤 떨어진 화원읍은 크고 작은 공장들이 밀집해 있는 지역이었다. 거리는 한적했고, 공장에서 흘러나오는 연기와 기계 돌아가는 소리들이 느릿하게 한낮의 거리를 채우고 있었다. 그녀와 만나기로 한

구멍가게 앞에서 기다리고 서 있는데, 길 건너편에서 나를 향해 활짝 웃고 있는 한 여자의 얼굴이 보였다. 빨간불이 파란불로 바뀔 때까지 길 건너편의 그녀는 내내 웃고 있었다.

이년 전 오토바이 사고로 남편을 잃고 스물아홉의 나이로 혼자되어 아이 둘을 키우는 그녀의 사연을 읽고 간 나로서는 그녀의 밝은 표정이 다소 뜻밖이었다. 길 건너편에서 바라본 그녀의 첫인상은 이러했다. 반가울 때도 웃고, 어색할 때도 웃고, 기쁠 때도 웃고, 심지어 슬플 때도 웃는 사람. 자신 안에 무엇이 들끓고 있더라도 그것을 쉽게 드러내지 않고 웃음으로 다스려온 사람. 그녀의 웃음은 마치 얼굴에 새겨져 있는 것만 같았다.

그녀가 다니는 공장을 향해 나란히 걷고 있는데, 그녀의 검은 머리칼 위에 희끗희끗 솜먼지 같은 것이 묻어 있는 게 눈에 띄었다. 내 시선을 느꼈는지 그녀는 먼지를 털어내듯 머리를 만지며 "어제 생전 처음으로 파마했는데…… 어때요? 너무 나이들어 보이지요?" 하면서 또 한번 잇몸을 보이며 웃었다.

공장에 들어서서야 나는 그녀의 머리 위에 얹혀 있던 솜먼지가 무엇인지를 알 수 있었다. 그곳은 면사에 풀먹이는 일을 하는 공장이었다. 녹슨 함석지붕과 검게 그을린 시멘트벽. 그 낡은 건물 입구에는 결명자꽃이 유난히도 노랗게 피어 있었다. 그 옆으로는 담쟁이덩굴이 부지런히 부지런히 담장을 기어오르고 있었다. 오르고 오르는 일만이 제 삶이라는 듯.

그녀는 정경사였다. 자그마한 공장 안에는 두 대의 정경기와 한 대의 호부기가 있었다. 실에 풀을 먹이기 전에 수백 가닥의 실이 풀

144

렸다 한군데 감기는 기계를 정경기라고 하고, 그 실에 풀먹이는 기계를 호부기라고 한단다. 정경기에서는 한번에 674가닥의 실이 나와서 감기는데, 그중 한 가닥이라도 끊어지면 기계가 자동적으로 멈춘다. 그 앞에 서서 끊어진 실을 다시 이어주고, 실이 다 돌아갔을 때마다 실을 교환해 넣는 것이 그녀의 일이다.

생실이라 자주 끊어지고 기계가 돌아갈 때 나오는 솜먼지 또한 말할 수 없이 많았다. 어두운 천장을 올려다보니, 실에서 나온 솜먼지들이 수천개의 고드름 모양으로 매달린 채 흔들리고 있었다. 그러나 잘 끊어지고 가느다란 생실도 그 먼지 속에서 풀기운을 먹고 나면 아주 질기고 광택있는 실로 다시 태어나게 된다. 어두운 공장 속에서, 그래서 더욱 눈부시게 흰 실을 보면서 나는 이 먼지와 어둠 속에서 단련되어가는 것은 실만이 아니라는 생각을 했다.

어찌보면 그녀는 674가닥의 현으로 이루어진 거대한 악기를 조율하고 연주하고 있는 것처럼 보이기도 했다. 하루에도 수십번 끊어진 줄을 이으면서 마치 혼자서 끝까지 연주해내야 할 곡이 있다는 듯이 그녀의 눈은 빛났고 이마에서는 쉴새없이 땀이 흘러내렸다. 그녀의 눈이 줄곧 실 위에 가 있는 동안 곁에 앉아 있던 나는 이미 그녀가 연주하는 어떤 음악을 듣고 있는 것 같기도 했다.

한편 그녀가 눈과 손을 부산하게 움직이면서도 귀를 잠시도 떼지 않는 존재가 있었다. 정경기 옆에 틀어놓은 낡은 라디오 한 대. 먼지를 보얗게 뒤집어쓴 채 돌아가고 있는 그것은 아주 오래된 유물과도 같아 보였다.

"낡아 보여도 소리는 아직도 엄청 커예. 이 공장 저 공장 옮겨다닐 때마다 이 라디오만은 꼭 끼고 다녔어요. 우리 그 사람이 결혼하면서 사준 거거든요."

어렵게 나온 한마디, 우리 그 사람이라는 말. 그러나 그리 어렵지 않은 것처럼 그 사람에 대해 말하는 그녀.

"그 사람, 정말 일하기 위해 태어난 사람 같았지요. 남 육십년 살 거 서른두살에 다 살고 가려고 그래 일만 했나봅니다. 일거리가 있으믄 야근이고 특근이고 가리지 않았고, 그래 일하고도 공장이 쉬는 날에는 부모님 계신 시골로 달려가 또 일을 하는 거예요. 어떤 날은 논에 나간 사람이 밤 아홉시가 지나도 돌아오지 않아 나가보니, 멀리 경운기 불빛만 보여요. 가까이 가보니까, 그 희미한 경운기 불빛에 의지해서 논을 매고 있더라구요. 이틀씩 철야하고 그래 무리하면 안된다카니, 자기가 조금 더 하믄 부모님이 덜 힘드시지 않겠나 하는 거예요. 피는 못 속인다고 우리 둘째가 즈이 아빠 꼭 닮았어요."

학교 다니는 맏이는 데리고 있고, 둘째는 시골 친할머니 밑에서 자라고 있다. 할머니 손에 맡기고 떠나올 때 엄마 따라간다고 앙앙거리던 녀석이 이젠 제법 의젓하게 자라 소년티가 난다고 한다. 모자는 매일 아침저녁으로 전화통화를 한다. 하루가 다르게 어른스러워져가는 아이를 보면서 그렇게 일찍 속이 들어찬 게 부모 떨어져 자란 탓인가 싶어 가슴이 먹먹해지는 날도 적지 않다.

"성현아! 옴마랑 살고 싶제?"

"그치만 내가 없으믄 할매가 또 운다 아이가. 내 마이 커서 할매 안 울 때, 그때 옴마한테 갈게."

맏이는 딸아이인데 올해 초등학교에 들어갔다. 직장에 나가는 엄마 때문에 학교가 끝나도 집에 가지 못하고 학원에서 저녁때까지 엄마를 기다린다. 어떤 때는 야근을 하게 되어 아주 늦어질 때도 있다. 밤늦게서야 데리러 가면 종일 기다리다 지친 아이 눈에 눈물이 글썽거린다.

"윤지, 왜 그러는데?"

"그냥…… 눈에 뭐가 들어갔나보다."

"윤지야, 아빠 보고 싶지?"

"그래도 참아야지."

"윤지는 참는 게 뭔지 아니?"

"응. 아빠 보고 싶을 때 사진 보고 마음속으로 아빠라고 불러보는 거."

밤길을 걷는 모녀의 쓸쓸한 뒷모습이 눈에 선하다. 그러나 그녀는 쓸쓸하지 않다고 말한다.

"남편 자리는 비었지만, 이래저래 생각해주는 사람이 많으니까 의외로 행복한 여잔 줄도 모르지요, 제가." 하면서 그녀는 다시 함박 웃었다. 덕순이 부부, 경미, 정옥이, 은영이 언니, 소희 엄마…… 밝고 명랑한 그녀는 친구가 많다. 일주일만 전화 없어도 "이 가시나, 바람났나?" 농담을 할 정도로. 또 부부싸움 하고 와서 며칠씩 자고 가는 친구들도 있다.

"그런 친구들, 다시는 신랑 안 볼 것처럼 얘기하다가도 일주일도 안돼서 쪼르르 집으로 달려가는 것 보면서, 나도 우리 신랑하고 그렇게 한번 실컷 싸워봤으믄 싶데예. 살아 있으믄 싸우기라도 할 텐데…… 그 사람하고 오년 반을 살았는데, 저는 남편 그늘이 참 편했어예. 야근해서 월급 좀더 받아오면 "내 수고했지?" 하고 웃으며 봉투를 내밀던 생각이 나요. 그런 다음날에는 캔맥주 두 개 사다놓고 안주는 촌에서 갖고 온 고구마 깎아놓고 그이를 기다리곤 했지요. 그리고 제가 조화 만들고 봉투 붙이고 밤 깎고 해서 품을 받는 날에는 모처럼 삼겹살도 구워먹고, 그래 알뜰하게 살아서 적금통장에 도장 늘어가는 재미에 살았었는데…… 그때가 차암 좋았어예."

그렇게 땀흘려 모은 돈으로 이제는 자그마한 아파트도 한채 마련했다. 그녀를 따라 들어선 그 집 현관에는 시골에 가 있는 성현이의 사진이 걸려 있었다. 그리고 거실벽 한가운데 윤지가 네살 때 찍은 커다란 가족사진이 걸려 있었다. 그 사진 속에서 키가 크고 이목구비가 반듯하게 생긴 젊은 아버지가 그 집과 식구들을 굽어보고 있는 듯했다.

아마도 아침마다 그녀는 그 두 장의 사진을 향해 인사를 할 것이다.

"여보, 다녀올게요."

"성현아, 옴마 갔다 올게."

텅 빈, 텅 빈 방을 향해 이렇게 외칠지도 모른다.

그녀의 집을 나와 골목을 돌아서는데 길 입구에 오래된 오동나무 한 그루가 서 있었다. 올려다보니 작년에 열렸던 오동 열매들이 아직 검게 달려 있고, 그 옆에 새로 열린 푸른 열매들이 함께 달려 있었다. 과거와 현재, 죽음과 삶은 저렇게 한자리에 공존하고 있는 것일까. 과거의 열매가 오늘에는 상처가 되기도 하고, 그 상처는 다시 안간힘으로 꽃 피우고 열매 맺게 하는 것일까.

오동나무를 오래 올려다보면서 나는 그녀의 말을 떠올렸다.

"윤지 아빠를 묻고 내려오면서 약속한 게 있어요. 절대로 울지 않겠다고, 가슴에 고인 눈물을 말리면서 살겠다고……"

햇빛이 들면 눈물을 내어 말리고, 비가 내리면 눈물을 빗물에 흘려보내며 살아온 그녀. 그 푸른 오동나무를 떠나오면서 나는 그녀가 끊임없이 피워올리는 웃음 뒤에 출렁거리는 강 하나를 데리고 왔다.

산골 아이 영미

진주에서 산청 가는 버스에 올라탔을 때는 이미 날이 어두워진 뒤였다. 창밖의 어둠은 짙어져갔고, 먼 인가의 불빛들이 드문드문 눈에 들어왔다. 영미를 만나러 가는 길은 마치 그 작은 불빛 중 하나를 만나러 가는 길과도 같았다. 밤길을 달리는 것처럼 고단하기만 한 사람들의 삶에 그 일곱살 꼬마가 비춰줄 수 있는 빛은 어떤 것일까. 지리산 천왕봉 아랫마을인 덕치부락, 그곳에 영미라는 아이가 아빠, 엄마, 그리고 오빠 남경이와 함께 도란도란 살고 있다.

산청초등학교에서 내리니 영미네 집 식구들이 마중을 나와 있었다. 시골버스에서 내렸을 때 누군가가 마중나와 있으니 마치 고향 마을에 돌아온 기분이었다. 버스정류장에서 조금 걸어 들어가니 시원한 도랑물 소리와 개구리 울음소리, 풀벌레 소리가 어우러져 초여름밤을 가득 채우고 있었다. 산에서 흘러내리는 도랑을 끼고 열 개 남짓의 불빛들이 오손도손 모여 있는 동네의 모습이 한눈에 들어왔다. 영미와 남경이는 자신을 찾아온 낯선 손님에 대해 호기심에 차 있으면서도 부끄러움을 많이 탔다. 특히 영미는 여름볕에 그을린 얼굴에 수줍은 웃음을 지을 때마다 다 빠지고 하나만 남은 윗니가 드러나 보이곤 하는 게 너무나 귀여웠다.

영미 엄마가 내놓은 수박을 먹으며 이야기를 나누는 동안 말과 말 사이로 개구리 울음이 끼여들곤 했다. 개구리는 보통 해질 무렵부터 울기 시작해 갑자기 뚝 그쳤다가 일제히 다시 울기 시작하는데, 밭이나 논에서 일하다 그 소리를 들으면 그만 들어가 밥 지으라는 신호로 여긴단다. 옛날에 시집 온 며느리가 새벽에 일어나 오줌누는 시간으로 밥 지을 때를 대중했다는 얘기를 들은 적은 있지만, 시계가 아닌 개구리 울음으로 저녁 지을 때를 대중하는 마을이 아직 있다니……

어른들에게 자연이 달력과 시계 노릇을 한다면, 아이들에게는 자연이 친구가 되고 놀이터가 된다. 이 마을에 사는 아이는 일곱 명. 유치원이나 학교에서 돌아오면 산으로 들로 쏘다니며 나물도 뜯고, 염소들과 놀고, 고동도 잡고, 그러다보면 어느새 날이 저문다. 영미는 또래 친구가 별로 없고 엄마 아빠도 농사일에 늘 바쁘기 때문에 옆집에 사는 이도영 아줌마와 단짝이 되어 논다. 그래서인지 영미는 천진하면서도 어른스러운 데가 있었다. 한번은 아줌마와 목욕을 함께 갔는데, 옆에 앉아 혼자 다 씻고는 "아줌마, 제가 다 씻었는데예, 등만 좀 밀어주이소" 하며 등을 내밀더란다. 또, 도영 아줌마가 화장실에서 나오면 문 앞에 지키고 앉아 있다가 "아줌마, 오줌 눴어예, 똥 눴어예?" 이런 것까지 물어볼 만큼 궁금한 것도 많고 정도 많은 아가씨다. 이가 하나만 빼고 다 썩을 만큼 사탕을 좋아하는 게 흠이지만.

※

"영미야, 우리 고사리 끊으러 가자."

다음날 아침, 도영 아줌마와 나는 영미의 손을 잡고 뒷산에 올랐다.

"나는 고사리 말고 영지 캐야지."

함께 가자는 말을 안하니까 좀 심통이 났던지 남경이는 애써 무관심한 척하면서도 뒤따라왔다. 이미 여름에 접어들어서인지 끝이 동그랗게 말려 있는 여린 순은 찾아보기 어려웠다. 그래도 먹을 만한 고사리순이 잎 사이로 드문드문 돋아 있어 우리는 똑똑 꺾어서 바구니에 담았다. 고사리를 꺾는 영미의 작고 통통한 손등이 꼭 고사리순 같았다.

"여기 있다, 뚱뚱보!"

"여기 있다, 엄청 작은 거!"

고사리순을 발견할 때마다 영미는 탄성을 질렀다. 그리고 산길을 폴짝폴짝 뛰면서 노래를 흥얼거리는 게 그야말로 작고 귀여운 산짐승이 따로 없었다. 도시에서 온 나에게는, 뿌리째 뽑으면 또 안 나니까 조심하라는 잔소리도 잊지 않았다. 그런데도 불구하고 실수를 하고는

"어쩌지? 뿌리까지 다 뽑혀버렸는데……"

뿌리를 들어 보이는 나에게 영미는 작업반장이라도 되는 듯이 판결을 내렸다.

"아줌마, 그러믄 쩹뿌리예."

그러는 사이에 도영 아줌마 등에 업혔던 아기는 잠이 들고, 남경이는 어디로 사라졌는지 보이지 않는다. 바구니를 다 채우지 못하고 내려가려는데, 영미는 뒤를 홱 돌아보며 소리쳤다.

"지리산 다람쥐야, 우리는 몬저 간데이. 염소막에 있는 아빠랑 천천히 내려온나. 거북이처럼 내려온나."

그 말에 어디서 튀어나왔는지 남경이가 쏜살같이 뛰어 내려왔다.

"오빠가 지리산 다람쥐면, 아빠는 별명이 뭐야?"

"아빠는 염소를 키우니께 지리산 흑염소라예."

"그럼 엄마는?"

"모르겠어예."

오빠 남경이는 동네에서 소문난 개구쟁이다. 막대기 하나 잡으면 온 동네 감나무란 감나무는 다 때리고 다니고, 하루에도 개구리나 매미 몇마리는 잡아서 작살을 내놓아야 직성이 풀린다. 어제는 옆에 있는 빈집에 가서 굴뚝을 쑤시다가 그 굴뚝 속에 까놓은 굴뚝새 새끼 네 마리를 잡았다고 한다. 상자 속에 집어넣고는 그래도 불쌍하고 미안한 마음은 들었는지

"내일이믄 어미새가 데려갈끼라예."

하며 머쓱해한다.

그리고는 자신의 무언가를 보여주고 싶은지 플라스틱통 하나를 들고 공연히 내 앞을 왔다갔다한다. 왠지 그 속에 뭐가 들었느냐고 물어봐주는 게 예의일 것 같아 그게 무어냐고 물었다. 남경이는 그제서야 못 이기겠다는 듯한 태도로 그 통에 들어 있는 자신의 재산 목록을 공개했다. 거기에는 길에서 주웠다는 맥가이버칼, 나침반, 몽당연필, 지우개, 거울조각, 그리고 작은 수첩 하나가 들어 있었다.

그 작은 수첩은 남경이의 관찰기록장이었다.

"7월 10일, 왕벌이 우리집 지붕 밑에 집을 지으려고 왔다갔다하였다. 7월 12일, 왕벌이 집을 조금 많이 지었다. 7월 13일, 이제 왕벌이 집을 거의 완성하였다. 조금만 더 지으면 된다."

이런 설명 아래에는 하루하루 커져가는 벌집이 그려져 있었다. 이처럼 남경이는 관찰력이 뛰어나고 손재주가 좋다.

"이름은 몰라도 마디가 일곱 개인 파란 벌레가 있는데예, 어제 오후에는 옆집 벽에 붙어 있더니, 오늘 아침에는 우리집 제피나무에 앉았어예."

이 말을 하면서도 남경이는 맥가이버칼로 나뭇가지 하나를 하얗게 깎고 있었다. 이 동네에 남경이의 눈과 손을 피해갈 나무와 벌레와 새는 없다는 듯이. 이렇게 종일 놀기만 하고 책은 들여다보지 않아도 남경이는 항상 일등이다. 남경이가 다니는 분교의 전교생은 네 명인데, 4학년은 남경이 혼자니까 일등은 놓치려야 놓칠 수가 없는 것이다.

남경이의 손재주는 아버지를 닮았다. 아버지는 잠시도 손을 그냥 두지 않는 사람이다. 안방에 앉아 쉴 때는 냇가에 놓을 그물을 짜고, 밭일에 가축을 돌보는 일, 게다가 올해는 염소막 옆에 땅을 파고 돌을 쌓아 아이들 수영장 만들어준다고 구슬땀을 흘렸다. 마당도 얼마나 잘 가꾸어놓았는지 대나뭇대를 손수 엮어서 울타리를 만들고, 배나무, 포도나무, 대추나무, 물앵두, 제피나무, 봉숭아, 옥잠화, 국화…… 온갖 꽃과 나무들이 가득했다.

그가 이 마을에 들어온 것은 1987년, 결혼을 하면서였다. 초등학교를 졸업하자마자 양친을 잃은 그는 사촌형님 댁에서 농사일을 거들며 자랐다. 열아홉살 때 도시로 나가 독립했지만, 얼마 지나지 않아 기계에 한쪽 손을 잃었다고 한다. 다시 농촌으로 돌아와 살다가 결혼상담소를 통해 지금의 아내를 만났다. 아내는 사고로 한쪽 다리를 잃은 사람이었다.

"아무래도 성한 사람이 아픈 사람 입장을 완전히 알기는 어려운 일 아닙니꺼? 비슷한 사람끼리 만나 의지하며 사는 게 좋겠다 싶었지예."

그래서인지 영미의 아빠 엄마는 서로를 존중하는 마음이 각별했다. 때로는 한 사람이 다른 사람의 손이 되어주고, 때로는 다리가 되어주면서 정말 열심히 살아왔다. 다른 사람 하루 할 것을 자신들은 하루 반은 해야 된다는 마음으로. 영미 남매가 이렇게 밝고 건강하게 자라나고 있는 것도 부모들의 자신감있는 생활태도 덕분일 것이다.

"그래도 아이들 교육이 제일 문젭니다. 도시 아이들은 한달 과외비만 해도 삼사십만원은 보통이라 하데예. 그거믄 우리집 한달 생활비라예. 최소한 고등학교꺼정 가르쳐놓으믄 남만큼은 얼추 따라갈 끼고, 지가 공부 더 하겠다 하믄 어려워도 더 시키는 기제."

영미에게 유치원에서 배운 노래 좀 해보라고 했더니, 노래 대신 몸짓을 넣어가며 동화 구연을 해 보였다.

"자동차들도 사람들도 많이 다니지 않는 조용한 시골길에 빨간 장미 한 송이와 노란 장미 한 송이가 나란히 피어났습니다. 두 송이는 아침이면 일찍 일어나 노래도 부르고, 천둥이 치며 소낙비가 내리는 으슥한 밤에도 아주 사이좋게 살았습니다. 그런데 어느날, 빵빵 부릉부릉 와글와글 시끌시끌 —— 왜 그래, 싫어 싫어. 아주 많은 사람들이 몰려다니기 시작하면서 그곳은 무척 시끄러운 곳으로 변했습니다……"

영미는 제 자신이 바로 조용한 시골길에 피어난 한 송이 꽃인 줄도 모르고, 그 꽃과 마을의 운명을 열심히 내게 들려주고 있었다.

연표화할 수 없는 향기

새해 달력을 걸다가 문득 '1999'라는 숫자 앞에서 잠시 아뜩해지는 것은 나만이 아닐 것이다. 나란히 놓인 '9'자 세 개는 무슨 시간의 바퀴라도 되는 것처럼 앞으로 밀고 나가 금방이라도 '1'자를 쓰러뜨릴 것만 같다. 그리고는 멀지 않아 그 자리에 '2'자를 세우고 시간의 바퀴는 또 황황히 사라질 것이다.

세기의 전환기에 살고 있다는 사실을 이렇게 눈으로 확인하면서도 그 실감이 얼른 손에 잡히지는 않는다. 따지고 보면, 하루가 모여 한달이 되듯이 일년, 십년, 더 나아가 한 세기라는 십진법의 단위들은 사람들이 시간을 물량화해 만들어놓은 토막들에 불과하다. 한해의 마지막날과 이듬해의 첫날은 그저 어제에서 오늘로의 평범하고 무심한 지속일 뿐이다. 새해를 맞을 때마다 무언가 새로워지고 변화되기를 갈망하지만, 그 새로움이란 게 달력의 날짜에 맞춰 오지 않는다는 걸 우리는 너무도 잘 알고 있다.

그러면서도 한해가 끝날 무렵이면 각 방면에서 한해를 정리하고 결산하는 기획이나 자리가 어김없이 마련되는 걸 볼 수 있다. 신문, 방송, 잡지별로 '올해의 5대 뉴스' '올해의 10대 인물' '올해의 문제작' 등등의 표제를 걸고 설문조사를 하기도 하고, 각 방면의 전문가들에게 위촉하여 대상을 선정하기도 한다. 그렇게 해서 나온 결과를 신년 특집에 내보내는 것으로 한해는 대충 정리된다. 아니, 그렇게라도 정리해서 넘기지 않으면 불안해할 만큼 시간에 대한 타성이 생겨버린 것인지도 모른다.

　나 역시 최근에 이런 종류의 설문이나 질문을 몇번 받은 적이 있다. 그런데 올해 달라진 게 있다면 그 단위가 한해나 십년 단위가 아니라 한 세기를 단위로 하고 있다는 점이다. 한 신문사에서는 '21세기에 고전으로 남을 만한 한국 시·소설'을 열 편씩 추천해달라고 했고, 또다른 신문사에서는 '20세기 한국에 가장 큰 영향을 미친 인물'과 '21세기 한국에서 가장 사표로 삼을 만한 인물'을 각각 열 명씩 추천해달라고 하면서 20세기를 요약해놓은 연표를 함께 보내주었다.

　100년의 시간을 단 세 장으로 압축해놓은 그 연표를 훑어보면서 나는 내가 그 100년의 시간 중 불과 삼분의 일밖에 공유하지 않았음을 새삼스럽게 깨달았다. 그런 나에게 20세기 전체에 대해 대답하라는 것은 그리 온당치 못한 주문처럼 여겨졌다. 물론 현대사에 대한 기본적인 상식만으로도 어렵지 않게 대답할 수 있는 문제였지만, 그 대답은 자신이 살지 않았던 시대에 대한 몰이해와 편견을 전제로 한 것일 수밖에 없기 때문이었다. 또, 누구를 설문대상자로 선택하느냐의 문제 속에는 이미 어떤 결과를 유도하는 여러 요인들이 숨어 있게 마련이었다.

그리고 그 질문들이 나를 가장 곤혹스럽게 만든 것은 100년이란 시간이 불과 몇개의 이름과 몇권의 책을 뽑는 것으로 정리될 수 있다고 생각하는 관습이었다. 사실 20세기 연표 속에 빼곡하게 들은 내용이란 대부분 전쟁, 혁명, 굵직한 정치적 사건들로 이루어져 있다. 그 사건들 역시 누군가에 의해 가장 중요한 일로 선택되면서 일정한 역사적 가공을 거쳤을 것이다. 그런데 그 사건들이 오늘 우리의 하루하루의 삶과 얼마만큼이나 관련되어 있는가. 연표에 요약된 그 숱한 시간들 역시 평범한 하루하루의 연속이었을 것인데, 이 연표를 만듦으로써 그 하루하루의 의미는 대체 얼마만큼이나 설명될 수 있는 것인가. 이런 의문들로 나는 그 설문에 응답할 수 없었다.

그러나 기자의 거듭되는 부탁을 끝까지 거절하지 못한 나는 결국 또하나의 무의미한 연표 만드는 일에 동참하는 신세가 되고 말았다. 거절할 용기가 없었다기보다는 그런 의례적인 일에 지나치게 심각한 모습을 보이는 것이 우스꽝스러울 것 같았고, 시간에 대해 삶에 대해 근원적인 문제를 제기한다는 것이 이미 불가능한 싸이클 속에 기자도 나도 몸담고 살아가고 있다는 생각 때문이었다. 우리 중 누구도 문명이 만들어놓은 시간의 단위로 삶을 정리하는 습관으로부터 자유롭지 못한 것이다.

가장 먼저 시간을 물질적 부피를 가진 것으로 측정가능하고 수학적으로 정리가능한 것으로 보기 시작한 것은 갈릴레이였다. 그 이후로 시간은 모든 움직임과 모든 역사를 가르는 척도가 되었다. 그리고 시간의 규칙적인 움직임을 기계로 만든 시계가 처음 나온 것은 13세기 말경이라고 한다. 시간이 점점 더 작은 단위로 분할되어 분과 초가 정의된 것은 14세기에 와서다. 그 오랜 시계와 달력의 역사는 우리로 하여금 시간의 구획에 대해 아무런 의심도 갖지 않게 했을 뿐 아니라 그 구획을 좀더 분명하게 만들도록 부추겨왔다. 나를 포함한 많은 사람들이 그 설문 앞에서 한 세기라는 거대한 시간을 머릿속으로 궁굴리며 궁색한 답변을 찾아야 했던 것도 그러한 관습에 대해 무감각해진 탓일 것이다.

하지만 삶이란 과연 그렇게 명료하게 정리되거나 요약될 수 있는 것일까. 중요한 것과 중요하지 않은 것의 기준이 그리도 선명하게 구분될 수 있는 것일까. 그리고 한 세기의 역사와 문학이란 게 그렇게 연표나 한장의 명단으로 뽑혀져나올 수 있는 것일까. 그 화려한 연표나 명단과는 상관없이 살아가는 많은 사람들의 일과 고통, 애환, 신념 들이야말로 시간 속에 갇혀 있으면서 그 시간과 치열하게 싸우고 있는 주인들이 아닌가.

그들에게는 한 세기가 바뀐다고 크게 달라질 것도 없으며, 역사라는 거창한 말을 들이댈 만한 그 무엇을 찾기도 어렵다. 그러나 그들의 사소해 보이는 하루 속에는 모든 것이 다 들어 있기도 하다. "한 시간은 한 시간이 아니다. 향기와 소리와 계획, 분위기로 가득 찬 화병이다"라고 한 프루스뜨의 말처럼, 그들의 한 시간 또는 하루 속에는 연표화할 수 없는 삶의 신비와 진실들이 피어나고 있다. 때로는 향기롭게, 때로는 악취를 풍기면서, 삶의 화병 속에 꽂힌 채 그들은 어떤 언어로도 어떤 숫자로도 설명될 수 없는 꽃을 피워내고 있는 것이다. 부지런히 부지런히.

제4부
질문들

누가 저 배를 데려올 것인가

모든 시는 일종의 편지라는 생각이 들곤 합니다. 혹시 당신은 그
전에 제가 보낸 편지를 받아보셨을지도 모르겠습니다. 그 편지들
속에 저는 쓰러진 나무 한 그루, 공중에서 오래 떠도는 나뭇잎 몇장,
숲길에 떨어진 새 한 마리, 흙 묻은 사과, 뒷굽이 삐뚜름하게 닳아빠
진 구두 한 켤레, 빨간 엑슬란 내복 한 벌, 아주 좁은 방 한 칸, 쐐기
풀 한 짐, 깨진 유릿조각들, 금이 간 어떤 항아리, 식어가는 돌 하나,
고구마 한 접시, 야트막한 포도밭, 뻐꾸기 울음소리, 상처입은 짐승
의 발자국…… 이런 것들을 담아 보내곤 했습니다. 그다지 새로울
것도 쓸모도 없을 것 같은 남루한 존재들에 제 마음을 실어 보냈습
니다.

제 시가 지나치게 자기고백적인 것도 그 존재들과 저를 지나치게
동일시해버렸기 때문이 아닐는지요. 그리고 시가 일종의 편지라는
형식의 존재증명이라는 생각을 떨쳐버리지 못한 때문이기도 하고

요. 어떤 마음의 해변에 가 닿게 될까…… 마치 망망대해를 향해 '유리병 편지'를 띄우는 것 같은 막막함이 시를 쓸 때마다 늘 따라다니곤 했지만, 언젠가는 가 닿으리라는 믿음이 있기에 시를 계속 써 올 수 있었을 것입니다.

그러나 일단 제 손을 떠나 시라는 소인이 찍히게 되면 그 편지는 더이상 자신의 것이 아니게 되는 듯합니다. 사신(私信)이면서도 동시에 사신이 아닌 어떤 힘을 가지게 된다고 할까요. 때로는 그런 방식으로 제 속에 갇혀 있던 것을 털어내는 해방감을 느꼈던 것도 사실입니다. 그러나 어느날부터인가 시가 시인의 손을 떠난다고 해도 실은 떠난 게 아니라는 생각을 하게 되었습니다. 시를 세상에 던진다는 것은 저를 함께 던지는 일이라는 것을 너무 늦게 깨달은 셈이지요.

시가 웅덩이에 처박혀 있으면 그것은 제가 웅숭깊은 어딘가에 고여 있는 것입니다. 시가 어떤 소용돌이 속에 놓여 있다면 저 역시 혼란의 도가니에서 빠져나오지 못하고 있는 것이고요. 또 시가 물결을 타고 빠르게 흘러내리고 있다면 저의 욕망이 무언가를 향해 질주하고 있음이 분명합니다. 그러다가 시가 다시 잔잔한 물결에 스스로를 내맡기고 있다면, 저 역시 잠시나마 고요의 순간을 맞이하고 있는 것입니다. "내가 있는 공간, 나는 바로 그것"이라는 어떤 시인의 말처럼, 시의 자리가 곧 시인의 삶이 가 있는 자리이니까요. 그 자리에 대해서는 어떤 해설도 변명도 필요치 않습니다. 오직 시가 모든 걸 말해줄 뿐이지요. 그런 점에서 시에 대해 말하고 있는 이 글은 본문이 아니라 시에 대한 일종의 부기(附記)에 불과한 셈입니다.

❁

요즘 저는 강 한가운데 떠 있습니다. 그런데 사방이 얼음장으로
덮여 있어 몸을 뒤척이는 게 쉽지 않습니다. 웅크릴 대로 웅크린 마
음은 그 두꺼운 얼음장 위에 둥지를 틀고 앉아 움직일 줄을 모릅니
다. 자연스럽게 흐르지 못한 지가 한참 된 거지요. 혼자라는 느낌,
시리다는 느낌, 갇혀 있다는 느낌, 존재가 깨져나갈 것 같다는 느낌
들이 수시로 저를 찾아왔습니다. 세계에 대해 느끼는 그런 단절감
과 막막함이 아마도 「천장호에서」라는 시를 쓰게 했나봅니다.

얼어붙은 호수 앞에서 누군가의 이름을 부르는 일, 그것은 어떤
응답을 기다리는 일이기도 합니다. 그런데 제 내면에 되돌아오는
소리는 단단하게 얼어붙은 호수 위에 던져진 돌들이 내는 공허한
메아리 같은 것이었습니다. 쩡. 쩡. 쩡. 쩡. 아무것도 받아들이지 않
겠다고, 아무것도 비춰주지 않겠다고, 호수는 단호하게 제게 대답
하고 있었습니다. 그 대답을 오래 듣고 있다보니 어느새 제 마음도
그 얼어붙은 호수와 같아졌나봅니다.

저는 그러고도 한참을 언 채로 지냈습니다. 하지만 그 속에서도
'네 이름을 부르는 일'을 멈추지는 않았습니다. 그것은 마치 얼음호
수 속의 오리떼가 쉴새없이 날개를 움직여서라도 좁아드는 물의 영
토를 지키려는 안간힘처럼 필사적인 것이었습니다. 시시각각 저를
점령해오는 무감각과 무기력에 맞서서 오직 할 수 있는 일은 있는

힘을 다해 누군가를 부르는 일이었습니다. 그러면서 시간이 흘러가기를 기다리는 일이야말로 제가 할 수 있는 가장 적극적인 행위였으니까요. 그러는 동안 저는 언젠가 보았던 풍경 하나를 마음속에 불러내고 있었습니다.

얼어붙은 강 한가운데 떠 있는 나룻배 한 척. 몇해 전 겨울 북한강을 지나면서 그 배를 발견하고 이런 생각들을 했지요. 강 한가운데까지 저 배를 저어간 사람은 누구였을까. 그리고 그는 어디로 사라졌을까. 아니면 배를 묶고 있던 밧줄이 풀려 스스로 거기까지 흘러간 것일까. 그러다가 갑자기 강물이 얼어서 돌아오지 못하게 된 것일까. 이상하게도 저는 그 풍경과 오래 싸워야 했습니다.

누가 저 배를 데려올 것인가. 저는 그 배가 제 자신인 줄도 모르고 안타까워하면서 누군가를 기다렸습니다. 얼음을 헤치고 저 배를 끌어올 사람을. 눈앞에 그 배를 떠올리고 있으면, 그 배를 가슴 깊이 간절하게 품고 있으면, 왠지 배를 가두고 있던 얼음장이 조금씩, 아주 조금씩 녹기 시작하는 느낌이 들기도 했습니다.

어느날 저는 그가 누구인지를 알게 되었지요. 그 배를 끌어올 사람, 그는 바로 시간이라는 것을요. 그제서야 "나는 아프다…… 내 시간이 아프다!"고 탄식했던 뽈 발레리의 말을 이해할 것 같았습니다. 그리고 얼음 속에 갇혀 있는 것은 '내'가 아니라 '나의 시간'이라는 사실을요. 그래서 이 편지가 아직 당신에게 가 닿지 못했다는 것을요.

시간은 우리를 가두기도 하고 풀어주기도 합니다. 우리를 쓰러뜨리기도 하고 일으켜세우기도 하는 것 역시 시간입니다. 그러나 한편으로는 그토록 갇히지 않았다면 열림의 순간이란 주어지지 않았을 것이고, 그렇게 쓰러지지 않았다면 일어설 수도 없었으리라는 생각 또한 듭니다.

제가 지금 얼음장 위에 쓰고 있는, 아니 살고 있는 이 편지를 어떤 바람과 물결이 와서 데려갈 것인지는 알 수 없습니다. 어딘가에 던져진 후에야, 또는 그곳을 떠나는 순간에야 비로소 제가 흘러온 지점을 어렴풋하게 알 수 있을 뿐이니까요. 알 수 없기에, 그 '알 수 없음'의 힘으로 오늘을 살고 있는 것 같기도 합니다.

어느날, 저를 가두고 있던 얼음장이 삐걱 하면서 문이 열리듯 깨지기 시작하는 날, 아니면 소리도 없이 눈 녹듯 사라져버린 것을 알게 되는 날, 다시 편지하겠습니다. 언젠가는 시간이 그 편지를 당신에게 전할 것입니다.

이 때늦은 질문

여러 해 전 가을이었다. 김남주 시인이 살아계셨을 때 나는 그분과 한 동네에 산 적이 있다. 어느날 우연히 버스를 함께 타고 집으로 돌아오게 되었는데, 버스정류장에서 내려 낙엽이 떨어진 밤길을 걸어오면서 짧은 대화를 나누었던 기억이 난다. 아마도 시에 대한 나의 고민과 부쩍 나빠지기 시작한 선생의 안색에 대해 걱정을 주고받았던 것 같다. 췌장암으로 병원에 입원하신 것은 그후로 몇달 뒤였다. 그날 저녁 찬바람에 불려가는 낙엽들의 소리가 유난히 크게 들리던 것은 그렇게 한 시대가 가고 있구나 하는 느낌 때문이기도 했을 것이다. 특히 선생의 말씀 중에 이 한 마디만은 기억에서 지워지지 않는다.

"너는 부디 네가 하고 싶은 대로 살고, 쓰고 싶은 대로 써라. 아무것에도 얽매이지 말고……"

그 말씀에는 당대가 부과한 무게로부터 끝내 자유로울 수 없었던

한 시인의 회한 같은 게 묻어 있었다.

✿

　뒤늦게 나는 묻는다, 시인에게 있어 당대란 무엇인가. 이 질문의 때늦음은 나의 우둔함 탓이기도 하겠지만, 지나간 시대가 그런 질문을 제대로 던질 만한 여유와 필요를 가지지 못했던 탓도 있을 것이다. 문학의 당대성이 무엇인가를 진지하게 묻기도 전에 이미 정답이 너무나 분명하게 주어져 있었기 때문이다. 김남주 시인을 비롯한 80년대 시인들의 불행은 여기에 있었다.

　80년대라는 시대를 생각할 때마다 나는 밀란 쿤데라의 『생은 다른 곳에』를 떠올린다. 이 소설은 초현실주의 예술이 사회주의 혁명에 의해 억압받던 시대의 체코를 배경으로 야로밀이라는 한 시인의 성장기를 그리고 있다. 초현실주의가 상상력의 해방을 추구한 것이라면 사회주의 혁명은 계급적 억압으로부터의 해방을 목표로 한다. '해방'이라는 공통분모에도 불구하고 초현실주의는 혁명의 진행 속에서 반동적 예술로 취급당한다. 혁명에 필요한 것은 선전 선동에 필요한 구호이지 자유로운 상상력이 아니었기 때문이었다. 혁명의 열망으로 가득 찼던 야로밀은 결국 역사의 전면에서 밀려나면서 좌절하게 된다. 그는 그가 꿈꾸는 '다른 곳'이 어디에도 존재하지 않으며 시가 더이상 그의 대역세계가 될 수 없음을 깨닫는다.

　90년대 초반을 휩쓸고 지나간 깊은 상실감의 저변에도 이처럼 역사로부터 밀려난 시의 위치와 전망의 부재가 깔려 있다고 볼 수 있다. 이제 시인들은 '다른 곳'을 꿈꾸지 않는다. 다만 '지금 여기'를 견딜 뿐이다. 거대한 역사보다는 모래알 같은 일상을 씹으며, 그 하루하루가 고립된 참호 속이라고 여기면서 말이다. 자본주의의 소비적 메커니즘이 벌이고 있는 이 속도전 속에서는 어떠한 중심의 구축도 불가능한 것처럼 보이기도 한다. 그러나 강력한 중심이 사라진 대신 주변부적 가치들이 다양한 중심들로 부각되기 시작했고, 시대적 당위성에 강박되지 않음으로써 부여된 시적 자유는 90년대 시의 자산일 수도 있다고 나는 생각한다.

그렇다면 90년대 시인에게 있어 당대란 무엇인가, 당대적이라 할 만한 뚜렷한 징후나 경향이 있기는 있는가. 누군가 90년대는 뛰어난 군소시인들의 시대라고 말하는 걸 들은 적이 있다. 군소성 자체가 당대적 특징이라고 할 만큼 실제로 그 다양한 흐름들을 한두 갈래로 갈무리하는 일은 쉽지 않아 보인다. 그런 점에서 90년대 시는 80년대적 당대성으로부터 튕겨져나온, 주어진 정답을 그대로 받아적지 않으려는 무수한 오답들의 집합체라고 표현할 수도 있겠다.

그 오답들은 '당대'라는 말에 오랫동안 주눅들어왔다. 아니, 그 말이 낯설게 느껴질 만큼 잊고 지내왔는지도 모른다. 그러나 그 오답들이 가진 미덕이 있다면 적어도 오만하지 않다는 것이다. "나는 옳다" "나는 유일하다" "나는 정당하다"라고 말하지 않음으로써 문학에 근접해가는 겸양을 나는 동시대의 시인들에게서 느낀다. 하나의 답을 내야 한다는 강박관념으로부터도 어느정도 자유로워진 것 같다.

시의 침체나 위기를 서둘러 진단하는 목소리도 들려오지만, 다양성이 반드시 질적인 저하를 의미하는 것은 아니다. 그리고 80년대 시가 누렸던 외형적 호황에 비교해서 90년대 시가 처한 빈궁함만을 부각하는 것은 단 하나의 정답을 강요하는 일 못지않게 문학에 대한 몰이해를 바탕으로 하기 쉽다. 중요한 것은 그 빈궁함과 군소성의 터전 위에 당대를 넘어서는 문학의 집을 짓는 일일 것이다.

❀

그러나 90년대 시인들이 대체로 공유한 불행이 있다면, 그것은 제대로 발견되기도 전에, 자기 터전을 닦기도 전에 이미 탕진되어 버렸다는 억울함이나 피로감 같은 것이다. 자신이 누구인지, 자신의 시대가 어떤 시대인지에 대해 도무지 알 수 없는 속에서도 끊임없이 시를 써왔기 때문이다. 매체나 제도나 자본에 의해 탕진(蕩盡)을 강요당해 왔을 뿐, 예술적 열정을 스스로에 의해 완전히 소진(燒盡)시킬 수 있는 기회를 제대로 갖지 못했던 것이다.

예전에 기차를 타고 증산, 태백, 사북 근처를 지날 때면 멀리 황량한 폐광의 모습이 보이곤 했다. 그 모습은, 금이든 석탄이든 맥이 일찍 드러나게 되면 그 산은 여지없이 파헤쳐지고 만다는 것을 여실하게 보여주고 있었다. 일단 시작된 괭이질은 그 산을 완전히 탕진시키고 나서야 멈춘다는 것, 그때까지 산은 제 살과 뼈를 깎아내주는 것으로 고통스러운 자기확인을 삼는다는 것…… 그 풍경을 바라보면서 나는 너무 빨리 드러났다가 너무 빨리 잊혀지고 마는 우리의 문학적 풍토를 떠올렸다.

그렇게 탕진되는 게 두려워 문학적 답보를 거듭해온 나로서는 나

혼자의 삶과 문학만으로도 버거워하며 살아왔을 뿐, 당대적인 것이란 나와는 까마득히 먼 일로만 여겨온 것도 사실이다. 또한 당대성을 자처하거나 유행하는 목소리에 기질상 쉽게 합류할 수도 없었다. 나의 시는 이렇게 늘 시대에서 한 걸음 비껴 서 있었던 것 같다. 그러나 이런 소극적인 겸양(?)은 나의 시를 안전하게 만들어주기는 했지만 참으로 거듭나게 하지는 못했다. 당대를 향해 단 한걸음도 나아가지 못하도록 만들었다.

이제 와 깨닫는다, 김남주 선생의 말은 회한이 아니라 충고였다는 것을. 아무것에도 얽매이지 말라는 말은 시대를 벗어던지라는 말이 아니라, 세상이 나를 탕진시키기 전에 스스로를 온전히 불태우라는 권유였다는 것을. 그렇다면 당대적인 것이란, 그 내용을 먼저 설정하고 그것을 향해 일사불란하게 움직여가는 것이 아니라, 몸이 다 닳도록 걸어간 뒤에야 그 남겨진 흔적들 속에서 발견되는 게 아닐까. 불꽃은 사라지고 식어가는 잿더미와 먼지와도 같은 날들, 이것이 바로 내가 대면해야 할 당대의 얼굴은 아닐까. 이 지긋지긋한 당대를 벗어나는 길도 그 하루하루의 이전투구 속에 있지 않을까.

어디로도 갈 수 없고 어디로 가지 않을 수도 없을 때
마음이여, 몸은 낡은 신발, 뒤집어 신고 날아보시지
── 당대의 몸값은 신발값과 같으니
당대의 몸이 헤고 닳아, 참으로 연한 뱃가죽 보이누나
── 이성복, 「사랑일기」 부분

이 때늦은 질문을 뒤엉킨 실타래처럼 들고 그것을 풀지도 버리지도 못한 채 끙끙거리는 나의 우둔함이여. 그러나 그 우둔함에 힘입어 나의 신발은 더 닳아가리라, 신발이 나를 벗어놓을 때까지.

두 마리 새에 대한 단상

나는 두 마리의 새를 알고 있다. 아니, 내 속에는 두 마리의 새가 살고 있다. 한 마리는 천상의 새이고, 다른 한 마리는 지상의 새이다. 두 마리가 어쩌면 같은 새인지도 모른다. 이미 하늘의 일부인 새는 우리를 끊임없이 하늘로 날아오르게 하는 동시에 추락을 통해 하늘의 무너짐을 맛보게 한다. 이처럼 인간이 새를 천상과 지상을 오가는 사다리로 삼아온 것은 아주 오래된 일이다.

바슐라르의 말처럼 "삶의 가장 깊은 본능의 하나는 가벼움의 본능"이다. 우리는 그 본능적 비상을 "발뒤꿈치에 돋아난 날개"에 의지해 어느정도는 체험할 수 있다. 우리의 존재가 한없이 가벼워지고 가벼워질 때 비로소 발뒤꿈치에 돋아나는 날개. 그제서야 비로소 우리의 눈은 새들의 비상을 좀더 높이, 그리고 좀더 멀리 따라가볼 수 있다. 새를 따라가던 눈동자는 결국 어느 나뭇가지 끝이나 허공 어디쯤에서 길을 잃어버리기 일쑤이지만 말이다. 그럼에도 비상

에 대한 본능을 끝내 버리지 않는 것은 드물게나마 비상의 한 정점
을 포착하는 순간이 있기 때문이다. 시인 김중식은 그 정점을 '황금
빛 모서리'라고 부르기도 했다.

> 뼛속을 긁어낸 의지의 代價로
> 석양 무렵 황금빛 모서리를 갖는 새는
> 몸을 쳐서 솟구칠 때마다
> 금부스러기를 지상에 떨어뜨린다
>
> 날개가 가자는 대로 먼 곳까지 갔다가
> 석양의 黑點에서 클로즈업으로 날아온 새가
> 기진맥진
> 빈 몸의 무게조차 가누지 못해도
>
> 아직 떠나지 않은 새의
> 彼岸을 노려보는 눈에는
> 발 밑의 벌레를 놓치는 遠視의 배고픔쯤
> 헛것이 보여도
> 현란한 飛翔만 보인다.
>
> ──김중식, 「황금빛 모서리」 전문

석양의 흑점과 새의 솟구침이 일치하는 순간, 새는 새 이상의 존
재가 된다. 그리고 그 황금빛 모서리에서 떨어지는 금부스러기는

지상을 전혀 다른 빛으로 물들인다. 그러나 새가 그런 지상의 목적을 위해서 날아오르는 것은 아니다. 새의 비상에는 어떤 목적도 없다. 목적이 있다면 날아오름, 그 역동성 자체가 목적이다. 그러기 위해서 새는 제 몸을 뼛속까지 긁어내는 대가를 치러내야 한다. 가벼워지고 가벼워져서 오로지 날개의 의지에 몸을 맡길 때만이 그는 태양의 정점에서 불사조로 태어날 수 있는 것이다.

그러나 지상을 향해 다시 돌아오는 순간 그의 날개는 빛바래고 휘청거리기까지 한다. 그를 찬란하게 물들였던 황금빛은 어느새 잿빛 어둠이 되어 시야를 가로막는다. 해가 져서 어두워진 게 아니라 실은 그의 눈이 멀어버린 것인지도 모른다. 진실로 찬란한 빛의 흑점을 경험했다면 그는 필경 눈이 멀 수밖에 없었을 것이다. "발밑의 벌레를 놓치는 원시(遠視)의 배고픔"도 그 눈멂 때문이다.

여기서 나는 『불의 시학』에 나오는 가브리엘 다눈치오의 불사조를 떠올린다. 천상의 전투에서 받은 상처로 눈이 멀게 된 불사조. 그 눈 속 깊이 타오르는 고통은 쓰디쓰지만 그 속에는 전존재를 불꽃으로 만드는 환영이 일렁거린다. 그리하여 재와 새로운 생명에 대한 열정에 불을 지핀다. 가브리엘 다눈치오의 불사조가 숯처럼 타버린 살 속에서 재탄생의 긍지를 경험하듯이, 「황금빛 모서리」의 새 역시 멀어버린 눈으로 피안을 노려보고 있다. 제 눈동자 속에 지옥을 키우며 그 잿더미 속에서 다시 태어나고자 하는 것이다. 지쳐서 돌아오는 한이 있더라도, 아니 태양의 흑점 속에서 까맣게 타들어가는 한이 있더라도, 다시 한번 황금빛 모서리를 제 몸에 지니기 위해 "현란한 비상"만을 꿈꾸고 있다.

그런데 이 불사조의 부활은 어떤 방식으로 가능할까. 언뜻 그것은 적당한 휴식이나 상처의 회복을 통해서 가능한 것처럼 보인다. 그러나 더 근본적인 힘은 어디서 오는가. 그 해답은 "아직 떠나지 않은 새의 피안을 노려보는 눈"에 있다. 피안에 대한 강렬한 응시만이 그를 피안으로 이끌 수 있는 것이다. 불타는 눈, 거기서 뿜어져나오는 응시의 힘 자체가 이미 불사조적 정신이다. 불사조의 부활은 곧 응시의 부활이다. 일종의 '절대적 눈'이 세계를 에워싸기 위해 영혼을 확장할 때, 존재는 자기 안에 새로운 빛을 지니게 되는 것이다.

또 한 마리의 새가 여기에 있다. 황금빛 모서리의 기억을 잃어버린 이 새는 응시의 부활마저 불가능해 보인다. 새는 조롱 속에 있다. 그 속에서 날개는 이미 퇴화되어버린 지 오래다. 그는 더이상 "하늘의 화육(化肉), 바람의 정령, 보이는 신들, 영원한 전설"(정현종, 「무너진 하늘」)이 될 수 없다. 다만 세상에서 가장 지독한 부자유의 표상으로서, 스스로의 빛나는 상징들을 배반하며 살 수밖에 없는 운명이 된 것이다. 하루하루 조롱바닥에 깃털을 잃어가면서.

새조롱 속에 새 울음소리 고여 있지 않다네
울음소리 조롱을 흘러넘쳐

햇살에

젖은 길 나고

새는 날개의 길을
울음소리로 가 본다네

그렇게 한 生을 이울이면
눈동자가 염전이 될 수 있을까

태양을 흘러 넘친 햇살이여
라일락꽃 향기가 되어 흩날리는

—— 함민복, 「시인 1」 전문

그러나 이 시는 거세된 영혼에게도 스스로를 넘어서는 길이 없지
않음을 보여주고 있다. 그것은 날개의 길이 아니라 소리의 길이다.
날개가 가지 못한 천상의 길을 울음소리가 대신 흘러가며 열고 있
는 것이다. 아무리 튼튼한 강철의 조롱도 그 울음소리마저 가두지
는 못한다. 물론 소리는 날아오르는 것이 아니라 흘러내리며 또한
흘러넘친다. 새의 울음소리가 조롱 밖으로 나갈 수 있는 것도 그 울
음이 흘러넘칠 때만이 가능하다. 그래서 조롱 속의 새는 "눈동자가
염전이 될 때까지" 한 생(生)을 끊임없이 운다. 조롱에 갇혀 있다는
사실보다도 끊임없이 울어야 하는 존재라는 데 이 새의 비극성이
있다.

그런데 이상한 것은, 그 비극적 운명을 딛고 어쩔 수 없는 힘에

의해 흘러나온 소리의 길이 너무나도 환하다는 사실이다. 그 소리는 순간 날아올라 햇살을 적시고 그 위에 "젖은 길" 하나를 낸다. 「황금빛 모서리」에서는 비상의 순간 황금빛 석양에 온몸이 젖은 모습이었다면, 「시인 1」에서는 형체도 보이지 않는 울음소리가 눈부신 햇살마저 적시는 모습이다. 그 햇살 역시 "태양을 흘러넘친 햇살"이어서 지상의 길은 순식간에 햇살이 "라일락꽃 향기가 되어 흩날리는" 길이 된다. 조롱 속에 남아 있는 것은 새의 빈 껍질일 뿐이며, 새의 영혼은 그 눈부심 속에, 그 출렁거림 속에 이미 깃들여 있는 것이다. 극심한 고통 속에서도 이상한 충일감이 느껴지는 것은 소리와 빛의 흘러넘침, 그 흘러넘침의 만남 때문이다.

흘러넘친다는 것은 마치 피나 물이 그러한 것처럼 '하강'에의 속성을 가지고 있다. 이것은 「황금빛 모서리」에서 느껴지던 빛을 향한 '상승'과는 매우 다른 느낌을 주지만, 삶의 수직성을 경험하게 하고 천상과 지상의 경계를 허문다는 점에서는 크게 다르지 않다. 「황금빛 모서리」에서는 빛과 어둠의 경계에서 불사조가 탄생했다면, 「시인 1」에서는 존재를 세계와 분리시키는 조롱이 또하나의 경계가 되고 있다. 그러므로 갇힘과 열림, 그 조롱의 경계 속에 살아 있는 이 새 또한 어찌 불사조가 아니라고 말할 수 있을 것인가. 다만 이 하강의 새는 대지를 하늘로 삼아 상승하고 있는 불사조인 것이다. 천상과 지상을 향한 그 두 마리 새는 결국 하나의 새일 수도 있다.

이렇게 시인들은 자신의 불사조들을 음각 또는 양각으로 아로새겨놓고 있다. 시인은 응시하는 자이며, 노래하는 자이며, 그 응시와 노래로써 스스로를 넘어서려는 존재들이다. 천상과 지상을 향한 그 두 마리 새는 삶과 죽음 사이의 강한 모순과 고통 속에서 불사조를 꿈꾼다.

그러나 끝내 불사조가 되지 못한다 해도 우리는 그 두 마리 새를 너무 쉽게 날려버리지는 말아야 한다. 새는 날개를 가지고 있기 때문에 나는 게 아니라 날기를 원하였기에 날개를 가지게 되었다고 하지 않는가. 양켈레비치의 이 말은 주어진 자유보다도 불가능한 자유에 대한 갈망으로 부침(浮沈)하며 살아가는 인간에게 실로 용기를 주는 말이 아닐 수 없다. 만일 이 세상에 새가 창조되지 않았다면 우리는 무엇으로 우리의 가벼움의 본능과 흘러넘침의 본능을 합법화하며 살아왔을 것인가.

니체에 관한 오해

스무살의 니체는 헌책방에서 우연히 쇼펜하우어의 『의지와 표상으로서의 세계』라는 책을 발견하게 되었다. 그 낯설고 어려운 책을 손에 들고 몇장을 넘기는 동안 그는 어떤 악마가 그 책을 집에 가져가라고 속삭이는 소리를 들었다. 새로운 보물을 끼고 돌아온 니체는 소파 구석에 몸을 던지다시피 하고는 그 책에 빠져들었다. "나는 세계와 삶과 나 자신의 본성을 놀랍도록 장엄하게 비춰주는 거울을 들여다보고 있다는 사실을 깨달았다. 거기서 나는 질병과 건강, 유형지와 피난처, 천국과 지옥을 보았다"고 니체는 그때의 감격을 적고 있다. 스스로 기독교를 떠난 뒤 구제할 수 없는 불확정의 상태 속에 빠져 있던 니체에게 『의지와 표상으로서의 세계』는 그후로 얼마간 성서를 대신하게 되었다. 그것은 니체에게 거대한 전환이었다.

내가 니체의 책을 처음 만난 것도 열여덟살 무렵이었고, 게다가 헌책방에서였다. 두 권으로 된 작은 문고판이었는데, 『짜라투스트라는 이렇게 말했다』라는 제목이 익숙해서 무심코 펼쳐보았다. 니체 하면 철학자로만 알고 있었는데, 그 책은 예상과는 달리 어려운 철학서가 아니었다. 시적인 영감으로 가득 찬 소제목들이 우선 나를 잡아당겼다. 그리고 군데군데 박혀 있는 잠언들의 강렬함은 어린 영혼의 피를 불러일으키기에 충분했다. 그런데 집에 돌아와 그 책을 읽으면서 내가 느낀 것은 니체가 쇼펜하우어를 만났을 때 맛보았던 열광적인 행복감이 아니었다. 오히려 읽어내려갈수록 나는 두려워지기 시작했다. 그때의 나에겐 니체가 너무 위험하게만 느껴졌다.

모태로부터 기독교적인 분위기에서 자라온 나로서는 수시로 등장하는 기독교에 대한 비판과 신에 대한 모독을 참고 읽어나가기란 불가능했다. 내가 교육받은 대로라면 짜라투스트라의 설교는 사탄의 속삭임이요, 오만하기 그지없는 인간의 절규에 불과한 것이었다. 나중에는 그 책을 읽는 것만으로도 신에 대한 배신 행위처럼 여겨져 나는 그 책을 얼마 읽지도 않고 어딘가에 던져버렸다. 결국 나는 "신은 죽었다"고 외친 그의 말을 확인할 수 있었을 뿐, 그 절규에 내포된 진정한 의미에 대해서는 오해만을 키워왔던 것이다. 그러나 니체에 관한 오해를 키워온 것은 비단 나만이 아닐 것이며, 니체야말로 상식과 소문 속에 묻혀 가장 철저하게 오해되어온 철학자라고도 할 수 있을 것이다.

니체의 진정한 독자가 되기에는, 그리하여 생의 전환을 맞이하기에는, 내 영혼은 지나치게 단순한 평화 속에 오래 머물러 있었다. 교회라는 울타리 속에서 십대를 보내고 난 뒤 나에게도 종교적 회의와 균열이 찾아오기는 했다. 목사관에서 태어난 니체가 기독교 신앙을 "유아기부터 우리에게 부과된 관습과 편견"이라고 말했을 때 느꼈을 그 억압을 나 역시 청교도적인 집안 분위기 속에서 적지 않게 느끼고 있었다. 그러나 그것은 신 자체에 대한 회의라기보다는 종교적 제도의 독단과 부패에 대한 실망에 가까웠기 때문에 나는 완전히 기독교를 떠나지는 않았다. 니체를 따라 나침반도 없이 '의심의 바다'로 나서기에는 종교적 신념이 여전히 '굳건한 육지'처럼 나를 지배하고 있었기 때문일 것이다.

지금에 와서 이런 생각을 해본다. 만일 그때 끝까지 니체를 읽었더라면, 그리고 그의 주문대로 내가 교육받아온 도덕적 관념들과 선악의 틀에 대해 좀더 과감하게 도전할 수 있었다면, 나는 어떻게 되었을까. 또 그와 같은 호기나 허세를 나도 그 나이에는 한번쯤 부려보았어도 좋지 않았을까. 통념과 인습에 스스로를 내맡기고 살아오지는 않았지만, 내 삶과 글이 어떤 틀에 갇혀 있다고 느낄 때마다 이런 후회를 해보기도 하는 것이다.

그러나 니체의 표현처럼 인간이 짐승과 초인 사이의 심연 위에 매인 밧줄과도 같은 존재라고 할 때, 어찌 흔들림없는 삶이 있을 수 있으랴. 흔들림 속에서 나는 기도를 버리지 않았으나, 기도의 내용은 많이 달라졌다. 열여덟살 때 나는 선하고 겸손한 사람이 되게 해달라고 기도했다. 그러나 서른세살의 나는 기도한다. 나에게 일용할 위험을 주십사고. 두려워해야 할 것은 '위험함'이 아니라 그 위험이 얼마나 창조적인가 파괴적인가 하는 것이며, 위험함을 건너지 않고서는 진실로 겸손해질 수 없음을 알게 되었기 때문이다. 십오년의 시간과 니체가 나에게 준 선물은 아마도 그 짧은 기도일 것이다.

⁂

니체의 삶과 철학은 당대의 모든 체계와 질서를 부정하고 끊임없이 새로운 삶과 더 나은 인식을 창조해나가라는 부추김으로 가득 차 있다.

"부숴버려라, 부숴버려다오, 낡은 표(表)들을!"

"자, 보라. 이 남아도는 사람들을! 그자들로부터 떠나라."

이 해머를 든 철학자가 가장 먼저, 그리고 가장 격렬하게 부순 것은 기독교적 윤리였다. 그런데 그는 과연 근본적으로 신을 부정한 사람이었을까? 최근에 『짜라투스트라는 이렇게 말했다』를 다시 읽으면서 나는 니체야말로 가장 은밀하고 철저한 신의 추구자였다는 생각을 갖게 되었다.

그의 책 도처에서 그리스도의 말과 행적을 의식한 동일시의 흔적을 찾아볼 수 있음은 흥미로운 사실이다. 그는 인간을 왜소하게 만든 기독교적 윤리에 대해서는 통렬한 비판을 가하지만, 예수에 대해서는 상당한 긍정과 찬사를 보내고 있다. 물론 부정과 긍정이 공존하는, 그래서 자기모순에 빠져 있는 것처럼 보이는 진술들 속에서 니체의 진의를 파악하기란 쉽지 않다. 무신론자도 신앙인도, 보수주의자도 혁명가도, 심지어 파시스트까지도 그의 말을 따다가 폭력적으로 사용할 수 있는 것도 그런 성향 때문이다(모든 인용은 기본적으로 폭력적이다).

그러나 이러한 자기모순은 사유의 혼란에서 오는 것이 아니라 오히려 사유의 치열함에서 오는 것이며, '신'의 경지에까지 사유를 실천하려는 데서 비롯된 것이다. 그리고 그의 부정정신은 부정을 위한 부정이 아니라 궁극적으로는 '긍정'과 '창조'를 위한 부정의 정신이었던 것이다. 『즐거운 학문』에 보면 이런 대목이 나온다.

> 나는 추한 것에 맞서 전쟁을 벌이고자 하지 않는다. 나는 비난하기를 원치 않으며, 나를 비난하는 자들을 비난하는 일조차 하고 싶지 않다. 외면해버리는 것이 나의 유일한 부정의 형식이 되기를! 그리하여 결국 나는 지금부터는 언제나 오직 '긍정하는 자'가 되고자 한다.

이 말처럼 외면해버리는 것이 유일한 부정의 형식이라고 생각했다면 니체가 굳이 반(反)그리스도를 표방할 필요가 있었을까. 그의 강력한 부정과 비판이야말로 그리스도에 대한, 신에 대한 또다른 긍정일 수도 있을 것이다. 실제로 그가 만들어낸 인물인 짜라투스트라나 '운명애, 영원회귀, 힘에의 의지, 위대한 정오' 등의 개념은 기독교와 대립되는 듯하면서도 일정한 상동관계를 보여준다. 『짜라투스트라는 이렇게 말했다』를 흔히 '반그리스도교적인 산상수훈'이라고 부르는 것도 이러한 이유에서일 것이다. 예수가 천상의 복음을 선포하기 위해 산상으로 올라갔다면, 짜라투스트라는 지상의 복음, 즉 '초인의 탄생'을 알리기 위해 산에서 내려왔던 것이다.

그러나 숲속의 성자든 광장의 군중들이든 '신은 죽었다'는 선언을 제대로 이해하지 못하기는 마찬가지였다. 세상에 너무 일찍 왔다는 짜라투스트라의 한탄처럼, 니체는 살아 있는 동안 세상과의 지독한 불화를 겪어내야 했다. 그러한 불화와 몰이해 때문에 니체는 스스로에 대해 그토록 많은 주석과 해석을 덧붙여야 했는지도 모른다. 그리고 그 과정에서 몸소 증명해낸 것은 모든 것은 하나의 해석에 불과하다는 사실이었다. 그런 점에서 신은 죽었다는 그의 선언 역시 동요 없는 결론으로 이해해서는 안된다. 그가 원한 것은 진리의 사도이지 무신론의 신도는 아니었던 것이다.

"나는 곧 길이요 진리요 생명"이라고 말한 예수와 "길이란 현존하지 않는다"고 말한 짜라투스트라. 여기서 '길'을 고정된 실체로 생각한다면 두 사람의 말은 정반대의 의미로 해석될 수도 있다. 그러나 진리를 향해 스스로 자기 짐(또는 십자가)을 지고 걸어가는 동안 변화 생성되는 길이라고 한다면 결국 같은 말을 하고 있는 셈이다. 짜라투스트라는 진리에 대해 이렇게 말한다. "그것은 발견되기를 기다리는 어떤 것이 아니며, 당신이 복종하거나 머뭇거리는 어떤 것도 아니다. 그것은 당신이 의도하는 어떤 것이다."

가장 은밀한 신의 추구자로서의 니체. 이러한 해석은 어쩌면 니체를 신의 모독자로만 여기던 오해보다 더 심각한 오해의 산물일지도 모르겠다. 또는 아직까지 기독교라는 육지에 서 있으면서 '의심의 바다'를 끌어다대려는 자기합리화는 아닌가 생각해보기도 한다. 그러나 그 육지와 바다 사이에 어렵지만 '나 자신의 길'을 만들어갈 수 있다는 용기를 니체에게서 받을 수 있었다. 그의 목소리는 나를 끌어당기는 동시에 밀어낸다.

짜라투스트라는 제자들을 떠나며 이렇게 말한다. "나는 이제 혼자 가겠다, 나의 제자들이여! 그대들도 역시 멀리 떠나 혼자가 되어라!…… 나를 떠남으로써 짜라투스트라로부터 그대들을 보호하라!" 나에게 연민을 넘어서는 사랑이 있음을 가르쳐준 짜라투스트라, 나 역시 그를 떠날 때가 되었다. 육지와 바다가 만나는 어디쯤에 둑을 쌓아 존재의 수위를 높여가는 일이 나를 기다리고 있으니!

책 밖으로 걸어나갈 수 있는 자유

"책이 좋은 것은 언제든지 그것을 덮어버릴 수 있기 때문이다. 마음대로 그가 읽은 책에서 해방될 수 있다는 것, 그것이 책이 가지고 있는 최대의 이점이다."

김현은 그의 『예술기행』에서 이렇게 말했다. 나 역시 이 말에 전적으로 동감한다. 그러면서도 나의, 또는 우리의 책읽기가 실제로 얼마나 그 자유를 누리고 있는지 반문해보면 대답은 사뭇 부정적이다.

서점에 수시로 들러 새로 나온 책들을 훑어보고 그때마다 한두 권씩 사들고 나오지만, 책이 쏟아져나오는 빠른 속도를 내 게으른 독서가 따라잡을 수 없다는 것은 너무나도 당연하다. 언젠가 시간을 쪼개서 읽어야지 읽어야지 하면서 쌓여가는 책들, 그것은 읽기 전부터 이미 마음을 짐스럽게 한다. 또, 감각적인 편집과 눈에 띄는 몇 구절에 끌려 샀다가도 막상 집에 와 읽어보면 기대에 미치지 못하는 경우가 더 많다. 마음의 눈을 밝혀주는 책보다 혼돈과 환멸로 이끄는 책이 늘어가는 현상은 정신적 공해에 다름아니다.

물론 아니다 싶은 그 책을 당장이라도 내팽개칠 자유가 모든 독자에게는 주어져 있다. 그러나 어리석게도 일말의 기대와 오기를 버리지 못하고 그 억압을 참고 견디며 읽어나간다. 헛된 지식욕의 결과는 참담하다. 그 책에 대한 실망으로만 끝나는 게 아니라, 내가 쓴 글 역시 이렇게 지쳐 있고 닳아 있고 얄팍한 모습으로 읽혀질 것이 아닌가 하는 자괴감까지 들어 못내 씁쓸해진다.

책과 글에 대해 마냥 애틋하고 설레던 시절이 없었던 것은 아니다. 독서에 흥미를 느끼기 시작한 중학교 3학년 무렵, 나는 방학이나 휴일이면 거의 매일 종로서적으로 등교를 했다. 사람이 덜 드나드는 서가 한 구석에 쪼그리고 앉아 약간의 눈치를 보며 읽던 책들은 왜 그리도 달게 느껴지던지…… 책 살 돈이 넉넉지 못한 나로서는, 그 많은 책들에 둘러싸여 있다는 사실만으로도 세상이 꽉찬 것처럼 느껴졌다. 고등학교 때 민음사 시인총서나 문지와 창비의 시집들을 만나 시에 눈을 뜨게 된 것도 종로서적의 그 딱딱한 바닥 위에서였다.

대학에 들어와서는 책장에 늘어가는 책의 부피와 거기 그어진 붉은 밑줄에 비례하여 내 정신이 성장하고 있다고 믿기라도 하듯이 한권 한권 책을 사 모았다. 더욱이 그 당시 판금된 사회과학 서적이나 작가들——김지하, 신동엽, 정지용, 백석, 김기림, 오장환 등——의 책을 구해 몰래 복사본을 만들어 나누어갖던 기억은 일종의 은밀함까지 더해져 그 책들의 무게를 더해주었다. 길에서 불심검문을 받을 때마다 신문지로 싼 그 책들 때문에 느껴지던 가방의 무게는 그 또래에 가지게 되는 지적 모험의 대가였는지 모른다.

지금은 그때보다 여러모로 풍족해지고 자유로워졌는데, 그럴수록 책에 대한 행복감과 경외심은 희박해져가니 이상한 일이다. 읽고 싶다는 간절함보다는 읽어야 한다는 의무감에 책을 드는 경우가 많아지고, 날마다 우체통을 채우는 책들을 읽기에도 바쁘다. 하루에도 수없이 쏟아져나오는 책의 홍수, 과연 그 속에서 자유로운 책읽기, 정신을 해방시키는 책읽기란 이제 불가능해진 것일까.

이렇게 책읽기에 지쳐 있던 나를 치유해준 책이 있다. 글을 읽거나 쓰면서 묻은 언어의 때를 씻겨주고 마음의 소란스러움을 가라앉혀주는 책. 언어로 되어 있지만 읽어나갈수록 내 속에 술렁거리는 언어들을 행간으로 바꾸어놓는 책. 그 책은 쏟아져나온 것이 아니라 저 깊숙한 곳에 숨겨져 있었고, 몇년 전 우연한 기회에 나는 그 책을 발견했다. 남영동 헌책방 골목에서 먼지에 덮인 채 나를 끌어당긴 아주 작고 얇은 책. 언제 절판되었는지조차 알 수 없는(몇년 후 한 유명작가의 책읽기에 다루어짐으로써 다른 번역본이 복간되기는 했다) 그 책의 제목은 『침묵의 세계』였다. 막스 삐까르뜨라는 지은이의 이름도, 박갑성이라는 옮긴이의 이름도 내게는 생소했지만, 제목 그대로 나는 그들에 의해 어떤 침묵의 세계로 은밀히 인도된 느낌이었다.

집에 돌아와 먼지를 닦아내고 그 세계로 들어간 나는 불과 몇장을 읽고 책장을 덮었다. 그것은 달콤한 음료수처럼 단숨에 마셔버릴 성질의 책이 아니었다. 나는 썩지 않는 빵이라도 되는 듯이 그 책을 조금씩 조금씩 아껴가며 뜯어먹곤 했다. 그 책을 과식하는 것조차 내게는 탐욕처럼 여겨졌다. 몇장을 읽고도 그 책을 다 보아버린 듯하기도 하고, 몇번을 통독한 뒤에 다시 펼쳐들 때마다 전혀 다른 책을 만나는 느낌이 들기도 했다.

이 책은 철학서도 신학서도 아니며 문학적 에세이라고만 보기도 어렵다. 침묵에 대한 해설서는 더욱 아니다. 막스 삐까르뜨는 다만 우리가 침묵의 눈과 가슴을 상실해버려 오랫동안 보지 못했던 형상을 보여주고, 듣지 못했던 소리를 들려줄 뿐이다. 그렇게 펼쳐지는 집중적인 사색에 힘입어 조금씩 존재의 제자리로 되돌려지는 느낌이었다.

그가 말하는 침묵이란 언어에 대한 부정태가 아니다. 오히려 언어가 참다운 진실에 도달하기 위해 필요불가결한 연결고리이자 언어의 가장 적극적인 배후로서의 침묵을 말하고 있는 것이다. 침묵을 말하면서도 언어의 가능성과 힘에 대한 신뢰를 포기하지는 않았다는 점에서 이 책은 다른 모든 책들과 다르지 않다. 그러나 이 책이 주는 울림은 언어를 뛰어넘는 어떤 것이다.

모든 책은, 특히 문학은 언어로 되어 있으면서 언어 이상의 무언가를 전달하려고 한다. 언어 그 너머의 것, 그러나 세상의 많은 책들은 거기에 도달하지 못한 패배자의 발음으로 가득 차 있는 듯하다. 우리는 언어라는 노를 저어 진리의 격랑을 헤쳐가려고 애를 쓰지만,

언어와의 그 지루한 싸움에서 잠시라도 놓여나기를 또 얼마나 간절히 원하고 있는지 모른다.

『침묵의 세계』는 바로 그러한 휴식을, 또는 휴식의 필요성을 전해주는 나무그늘과도 같은 책이다. 쉴새없이 무언가를 읽어대고 써대는 것도 일종의 욕망 아닌지, 그 욕망 속에서 우리의 영혼은 얼마나 지치고 상처입은 것인지 돌아보게 한다. 그리고 읽는 일 못지않게 읽는 것을 멈추는 일의 중요성을, 언제라도 읽던 책을 덮어버리고 그 책 밖으로 걸어나갈 수 있는 자유를 환기시켜주는 것이다.

불가에서는 독경하지 않음은 경전의 때요 수리하지 않음은 집의 때라 하여 끊임없는 공부의 필요성을 말하면서도, 한편으로 모든 가르침은 강을 건너는 뗏목과 같은 것이라 하여 그것을 버리라고도 말한다. 그처럼 책읽기의 의미는 감정의 대리만족이나 지식의 정복에 있지 않고, 끊임없이 자신과 세계의 본질로 돌아가 자유를 누리는 데 있을 것이다. 결국 언어란 침묵하기 위해 필요한 것이며 책을 잡는 것은 책을 놓치기 위해서인지도 모른다. 그러나 불행하게도 책은 네모반듯한 면으로만 이루어져 있어서 손에 잡기는 쉽지만 둥근 공처럼 놓치기는 쉽지 않게 생겼다.

얼음과 물의 경계

메멘토모리. 죽음을 기억하십시오. 어느 수도원에선가는 이 말로 인사말을 대신한다고 한다. 서로의 존재를 확인하고 안녕을 기원하는 세간의 풍속과는 달리 부재의 확인을 통해 존재를 성찰하는 그들이 부럽기도 했다. 그러나 세간의 인사에 길들어 살아가는 나에게도 누군가 그런 인사를 건네는 날이 이따금 있기는 하다. 매년 삼월 첫째 주말, 기형도 시인의 묘소에 갈 때마다 내 안에 살아 있는 그가 이렇게 인사를 건네는 것이다. 메멘토모리.

나는 그와 많은 이야기를 나누어보지는 못했다. 나는 2학년 때 연세문학회에 들어갔는데, 그는 이미 졸업을 한 뒤라 술자리에서 몇 번 마주쳤을 뿐이다. 그리고 내가 신춘문예에 당선된 1989년에 그는 중앙일보 편집부 기자였지만, 그후 석달 만에 갑자기 세상을 떠나고 말았다. 그때 중앙일보 복도에서 자판기 커피를 뽑아주며 창밖의 희부연 풍경을 바라보던 모습이 내가 가장 가까이 본 모습이

자 마지막 만남이었다. 조금씩 엇갈린 인연이었던 셈이다.

　그런데도 십년 동안 그의 주기 때마다 묘소에 가는 것을 한번도 거르지 않았다는 사실이 지금 생각해보면 이상스럽기도 하다. 나는 그에 대해 추억할 무엇도 가지고 있지 못하며 그렇다고 내가 유별난 의리의 소유자인 것도 아니기에 말이다. 그것은 마치 신년을 맞이하며 해돋이를 보러 가는 것과 비슷하게, 봄이 오기 직전 어떤 죽음 하나를 만나러 가는 습관화된 의식 같은 것이 되어버린 느낌이다. 나는 왠지 그가 죽고 나서야 비로소 그를 조금씩 알아가고 있는 것 같다.

　모든 죽음은 결국 살아 있는 자에 의해 유추되고 해석되는 것이기는 하지만, 그의 죽음은 해마다 조금씩 다른 표정을 내게 보여주었다. 그의 묘소에 가려면 늘 지나치는 저수지가 하나 있는데, 그 무렵이 되면 얼었던 물도 다 풀리고 나무마다 새싹이 돋아나곤 한다. 그런데 막상 그가 묻힌 산언덕에 이르면 왜 그리도 춥고 음산하던지 그의 죽음에 온통 살얼음이 박혀 있는 느낌이 들곤 했다.

　그의 시를 읽으면서도 시린 느낌은 마찬가지인데, 그것은 아마 그의 시에 유난히 많이 나오는 얼음과 눈(雪) 이미지 때문이기도 할 것이다. 그에게는 안개나 구름조차도 "두꺼운 공중의 종잇장"이나 "희고 딱딱한 액체"(「안개」)와 다름없었다.

　"밤에 깨어 있음. 방 안에 물이 얼어 있음. 손(手)은 영하 1도"(「새벽이 오는 방법」)라고 했을 때, 나는 그가 살았던 방의 윗목, 아니 늘 윗목인 삶을 떠올린다. 거기서 그는 시린 손으로 '겨울 판화'를 새기듯 시를 써나갔으리라. "내 몸은 얼음으로 꽉찬 모양이야"(「聖誕木」)

중얼거리며 성냥을 그어대기도 하고, 눈길 위에 떨어진 서류봉투를 주우며 "나는 불행하다/이런 것은 아니었다, 나는 일생 몫의 경험을 다 했다, 진눈깨비"(「진눈깨비」)라고 탄식하기도 한다.

그때 그의 내부를 가득 채우고 있는 얼음과 진눈깨비는 실은 그의 눈물이 응결된 것이다. 세상을 너무 축복하였기에 거꾸로 매달려 외로운 천형을 견디고 있는 고드름처럼, 부단히 "오르기 위하여 떨어지는" 정신으로 말미암아 그는 오래도록 고통받아야 했다. "나 또한 얼마만큼 오래 냉각된 꿈속을 뒤척여야 진실로 즐거운 액체가 되어 내 생을 적실 것인가"(「이 겨울의 어두운 창문」) 노래하면서. 그는 녹아 흐르고 싶어했으며, 그러기 위해 자신의 삶 속에 얼음처럼 박인 죽음의 그림자를 향해 힘겹게 불꽃을 피워올렸다. 그러나 그가 지핀 불은 대체로 작은 성냥개비나 창백한 초 또는 램프에 붙여진 불이어서 "자고 일어나면 머리맡의 촛불은 이미 없어지고/하얗고 딱딱한 옷을 입은 빈 병만 우두커니 나를 쳐다"(「10월」)보는 것이었다.

그러한 빈 병 또는 빈 방은 결국 그의 육체를 가두고 말았지만, 그의 시만은 오히려 결빙된 절망으로 빛나는 날을 가지게 되었고 수많은 영혼에게 깊은 흔적을 남겼다. 특히 그의 범상치 않은 죽음의 에피소드를 둘러싸고 진행되어온 신비화가 없지 않았다. 그로 인해 그의 시는 일정한 부가가치를 얻은 대신 문학으로서는 갇힌 부분이 있었던 것도 사실이다. 이제 그의 죽음 자체가 던진 충격에서 벗어나기에 충분한 시간이 흘렀다. 시간이란 모든 대상을 빛바래게 하는 대신 적절한 거리를 베풀어줌으로써 오히려 새로운 발견을 가능케 한다.

십년 만에 전집으로 새롭게 묶인 그의 시들을 다시 읽으면서 나는 얼음과 물의 경계에 대해 내내 생각했다. 이십대의 나에게 그의 시는 결코 녹을 것 같지 않은 단단한 얼음이었다면, 지금의 나에게는 간절히 녹고자 한 영혼, 이미 녹기 시작한 영혼의 일렁임 같은 게 만져진다. 이것이 세월을 거슬러 흘러갈 수 있는 시의 고유한 힘인지, 젊음의 팽팽한 긴장에서 어느정도 놓여난 내 마음의 반영인지는 알 수 없다.

다만 삶과 죽음의 경계란 물과 얼음의 경계처럼 단호한 듯하지만 끊임없이 삼투되면서 새롭게 생겨나는 것이라 생각한다. 죽음을 기억하십시오, 이 인사가 마침내 일상이 될 때까지 우리는 언 물과 얼지 않은 물 사이에서 오래 출렁거려야 할 것이다. 그리하여 그를 기억하는 일이 더이상 죽음의 성채를 쌓는 일이 아니라 삶으로 죽음을 녹여내는 일이 될 때, 그와 그의 시는 무연한 강물처럼 자유스러워질 것이다. 그 역시 「잎·눈(雪)·바람 속에서」에서 이렇게 말하지 않는가. "나는 살아 있다. 해빙의 강과 얼음산 속을 오가며 살아 있다."

꾸벅거리며 밤길을 가는 자

저녁 무렵 낯선 골목을 배회하고 있던 나에게 불현듯 한장의 그림이 떨어져내렸다. 이미지는 그렇게 예기치 않은 순간에 온다. 성북동 근처 작은 한옥들이 올망졸망 늘어선 좁은 골목쯤이었던 것 같은데, 성냥팔이 소녀가 그어댄 한 개비의 성냥처럼 기억의 일부가 잠시 눈앞에 환해졌다가 이내 사라졌다.

이미지는 그것이 잉태된 최초의 순간으로부터 멀어져가면서 마음의 눈이 새롭게 만들어낸 산물이다. 이미지는 없는 것을, 사라진 것을 불러내기 위해 존재하는 것이며, 망각 속에 길들여져가는 우리 자신을 다시금 비추어주는 빛과도 같은 것이다. 그러니 그저 부러진 나뭇가지들을 주워모아 불을 지피듯이 그 이미지들을 새롭게 지펴보는 수밖에.

마흔쯤 되어 보이는 한 사내가 아이 셋을 데리고 좁은 골목을 걸어 나가 버스정류장에 하염없이 서 있는 모습. 처음에 나는 그 이미지를 알아보지 못했다. 그 이미지가 내 마음에 둥지를 틀고 한참을 지내고 나서야 비로소 나는 그것이 내 어린 시절의 아주 익숙한 풍경이었다는 걸 깨달을 수 있었다. 갑작스레 그 장면이 떠오른 것은 어스름 때문이었을까, 아니면 야트막한 지붕들이 늘어선 골목의 낯익은 분위기 때문이었을까.

내가 열살 때 우리 식구는 고향을 떠나 서울로 이사를 왔다. 제일 처음 자리를 잡은 곳은 종암동이었는데, 이상한 것은 그때부터 삼년 정도가 내게는 기억의 완전한 공백기라는 사실이다. 서울내기들의 배타적이고 이기적인 분위기, 아버지의 실업, 밤늦게야 지쳐서 퇴근하던 어머니의 창백한 얼굴, 도시의 답답하고 누추한 골목들…… 그 무엇도 내 마음에 남겨놓지 말아야겠다고 나는 어린 나이에 결심이라도 했던 것일까. 어릴 때 친구들과 고향의 자연을 떠나와 서울에 던져지다시피 한 그때의 나에게는 학교도 집도 낯설기만 했다. 그래서 야근이 잦던 어머니를 마중하러 나가던 날이 그렇게 많았는데도 불구하고 그 기억을 까마득하게 잊고 있었던 것이다.

그러나 망각의 강에서 뛰어오른 한 마리 물고기처럼 그 이미지는 너무도 생생했다. 그리고 얼마간 내 마음속을 헤엄쳐다녔다. 이미지가 비로소 의미를 얻어 한 편의 시로 태어난 것은 또다른 이미지와의 결합에 의해서였다.

여행을 하면서 어느 시골집에 머무르게 되었는데, 그날 따라 잠이 잘 오지 않아 밤산책을 나갔다 돌아왔다. 방으로 들어오기 전 그 집 처마 밑에 있던 제비집을 바라보니, 하루 종일 재재거리던 제비들도 잠이 들어 조용했다. 그런데 제비집을 올려다보던 나는 그만 마음이 막막해져서 눈시울을 적시고 말았다. 낮에는 보지 못한 대 못 하나가 제비집 옆에 박혀 있고, 제비 한 마리가 그 못 위에 앉은 채 잠들어 있는 게 아닌가. 어떤 일가(一家)의 잠. 그 순간 못 위에 앉아 있는 제비의 모습은 종암동 버스정류장에 서 있는 한 사내와 오버랩되었다. 그렇게 해서 씌어진 시가 「못 위의 잠」이다.

두 이미지의 우연한 결합으로 한 편의 시가 태어나는 때가 종종 있다. 두 이미지의 삼투과정 속에서 기억이란 순수한 과거로 남아 있는 게 아니라 현재적 자아가 재구성해낸 새로운 의미를 부여받게 된다. 그러면 이미지의 결합을 통해 내 마음에서 이끌려나온 것은 무엇이었을까. 아마도 아버지라는 사람에 대한 연민과 화해가 아니 었을까 싶다. 시간이 베푼 그런 감정에 힘입지 않고서는 유년의 풍 경 한구석에 외떨어져 걷고 있는 한 사내의 내면풍경을 읽어낼 수 는 없었을 것이다.

일반적으로 부성(父性)은 도전과 극복의 대상으로, 모성(母性)은 회귀와 포용의 대상으로 여겨져왔다. 더욱이 부성이 부조리한 권위 나 무능력의 표상으로 드러날 때, 아버지 또는 부성과의 끈질긴 싸 움은 많은 시인들이 치러내야 할 통과의례가 아닌가 싶다. 나의 성 장기 역시 그런 과정을 피할 수 없었다. 내가 마음으로부터 아버지 에 대한 팽팽한 끈을 내려놓은 것은 결혼을 하고 첫아기를 낳으면 서였다. 이제 기억 속의 아버지와 손잡을 수 있게 된 것, 황량한 기 억의 공백기에 창백하면서도 따뜻한 달빛이 스며들어 흐를 수 있게 된 것, 단지 세월의 힘만은 아닐 것이다.

나 역시 부모로서의 수고로움과 어쩔 수 없음의 짐을 지고 가면서 종종 못 위의 잠을 떠올리곤 한다. 꾸벅거리며 밤길을 가는 자로서 가지는 삶에 대한 연민과 쓸쓸함, 언제부턴가 거기에 기대어 살고 또한 그것의 힘으로 간신히 시를 쓰고는 한다. 때로는 밤길에 혼자 서서 제 뺨을 때려보기도 하고 때로는 쓰다듬기도 하면서.

문밖의 어머니*

여성성은 내 시의 존재기반 자체를 건드리는 가장 민감한 문제 중 하나다. 90년대 들어 활발하게 전개된 여성시에 대한 논의를 접하면서 나 역시 한 사람의 여성으로서 시를 쓰는 일이 무엇인가를 묻지 않을 수 없었다. 그러나 그에 대한 답변을 스스로 유예해온 이유는 무엇일까. 남성적 언어를 떠남으로써 감수하게 될 소외와 오해가 두려워서였을까. 아니면 문단에서 운위되는 여성성과 내가 생각하는 여성성이 본질적으로나 방법적으로 다르다고 생각했기 때문일까. 그렇다면 나에게 있어서 여성성의 의미는 무엇일까.

이런 질문들에 대해 더이상 답변을 미루기는 어려울 것 같다. 그동안의 내 시쓰기가 여성적 자의식을 뚜렷하게 가져왔다고는 할 수 없지만, 잠재해 있던 여성성이 부분적으로나마 표출되어왔고 이제

---

* 이 글은 1998년 대산문화재단이 개최한 "2000년을 여는 젊은 작가 포럼"에서 '여성성과 여성주의'라는 주제로 발표한 발제문이다.

어떤 방식으로든 여성성이라는 문제와 전면적으로 만나야 한다는 내면의 요구가 절실해졌기 때문이다. 그리고 내 시가 여성적 자의식을 강하게 가져온 시들에 비해 남성적 언어의 전통에서 크게 벗어나지 않는 지점에서 이해되어왔기 때문에 여성시의 또하나의 접점을 보여줄 수 있지 않을까 생각한다.

여기서 접점이라고 한 것은 내 시의 여성성에 대해 긍정적인 평가와 부정적인 평가가 교차하고 있음을 말한다. 주로 소재나 정서의 측면에서 여성 또는 모성의 체험에 기반을 두고 있다는 지적이 긍정적인 반응이라면, 언어나 문체의 측면에서 전통 서정시의 규범과 남성적 언술에 주로 의존하고 있다는 점이 반페미니즘적 요소로 간주되기도 했다. 이러한 양면성은 내게 때로 긴장이 되기도 하고 억압이 되기도 했다.

그러나 이 양면성은 나에게만 있는 것이 아니고 여성적 글쓰기가 기본적으로 안고 있는 문제이자 가능성이라고 할 수 있다. 페미니스트 시학을 '사이'의 시학이라고 한다거나, 길버트와 구바가 "양피지 위의 글쓰기"라고 한 것도 여성적 글쓰기가 들려주는 이중적 목소리를 가리키는 표현들이다. 드러냄과 감춤, 순응과 전복, 의식과 무의식, 언어와 침묵, 결핍과 충만, 통일과 분열, 삶과 죽음…… 이 무수한 극단들 '사이'에서 여성적 자아는 끊임없이 움직인다. 만일 여성성에 고유한 영토가 있다면 그러한 모순과 긴장을 동시에 밀고 나가는 유동성 자체일 것이다.

이 글을 쓰는 지금 내 속에는 남성적 문학 전통에 길들여진 자아와 조금씩 눈을 떠가는 여성적 자아가 서로 길항하고 있다. 나는 그 두

가지 목소리 모두에 귀기울이려고 한다. 그래서 본래의 글자를 지우고 그 위에 글자를 새롭게 써나가는 양피지 사본처럼, 이 글이 준비된 자기변명이 아니라 내면적 싸움 또는 대화의 기록이 되기를 바란다. 오랫동안 의식의 어느 구석에 처박아두었던 질문들을 내 속에서 다시 떠오르게 함으로써 나는 나를 출렁거리게 하고 싶다. 그 출렁거림이 내 존재를 흘러넘쳐서 나를 다른 곳으로 데려가기를 바랄 뿐이다.

1. 문밖의 어머니

어두운 문밖에 어머니가 서 계신다. 그러나 나는 한번도 어머니께 문을 열어드리지 못했다. 어머니의 몸을 찢고 나온 뒤로 어머니는 줄곧 내 문밖에 계셨다. 나는 어머니로부터 멀리 있지 않다. 그러나 그 자궁 속으로 돌아갈 수는 없다. 실이 꿰어진 바늘 끝이 헝겊을 뚫고 나가 다시 돌아올 수 없는 것처럼, 헝겊의 이편과 저편 사이에 가로놓인 심연을 어떻게 건널 수 있을까.

나에게 있어 모성성은 돌아가야 할 근원이자 끝내 돌아갈 수 없는 심연처럼 느껴진다, 마치 문밖의 어머니처럼. 문 저편에서 세계를 대신해 우는 울음소리가 들려올 때, 밤새 세계의 변방을 서성거리는 발소리가 들려올 때, 나는 그것이 어머니의 소리라는 걸 느낀다. 그러나 문을 열고 나가려는 순간 벽은 더 높아지고 문은 어느새 벽에 스며들고 만다. 나는 그 단절을 통해서만 어머니를 경험한다. 내 시에 모성성이 나타나고 있다면 그것은 아직까지는 문 저편에서

의식되고 있는 모성성일 것이다.

　"여성 저술가는 자신의 어머니를 통해 회고한다"는 버지니아 울프의 말처럼 내가 가지고 있는 모성성에 대한 생각 역시 나의 어머니로부터 형성되었을 것이다. 그런데 이상하게도 가장 큰 영향을 받았으면서도 어머니를 직접 다룬 시는 몇편 되지 않는다. 시집 세 권을 통틀어「해빙」「우리 어머니」「너무 많이」이 세 편 정도만이 어머니를 주인공으로 삼고 있다. 반면 아버지를 다룬 시들은「소원」「아버지의 등」「노아의 포도」「필경사」「못 위의 잠」「양계장집 딸」「밤, 바람 속으로」「누에의 방」등 일정한 변화를 보이면서 계속 씌어져왔다. 그 이유를 생각해보면, 아버지와는 갈등과 화해의 과정을 부단히 겪으면서 문학적 대상으로 삼을 수 있었던 반면 어머니와는 그런 극적인 과정이 별로 없었기 때문이 아닐까 싶다.

　모든 여성 시인들은 아버지와 어떤 관계를 맺느냐 하는 것과 어머니를 어떻게 내면화하느냐 하는 과제를 동시에 안고 있다. 그런데 나에게 있어 어머니는 구체적인 실재로서보다는 이상적이거나 상징적인 존재에 가깝다. 성장기 내내 어머니는 보육원 총무로 지내셨기 때문에 나는 어머니에 대한 사적인 체험을 별로 갖지 못했다. '나'의 어머니가 아니라 항상 '우리' 어머니였고, "자식이 너무 많으신 우리 어머니 / 나의 어머니라고 고집부리고 나면 / 왠지 미안해지는 우리 어머니"(「우리 어머니」)였던 것이다. 어머니를 공적인 존재로 느꼈다는 것이 행복인지 불행인지 모르겠지만, 그것이 개별적 자아의 발달보다 공동체적 정서에 일찍부터 친숙할 수밖에 없었던 요인이 된 것은 분명하다.

    그런 어머니를 통해 내게 각인된 모성성은 누구에게나 초인적일
정도의 희생과 헌신을 보여주는 존재에 가까웠다. 누군가 내게 성모
콤플렉스가 있는 것 같다고 말한 적이 있는데, 어머니가 심어준 종
교적인 이미지는 실제로 그 지적과 크게 어긋나지 않는다. 물론 모
성성은 남성들에 의해 지나치게 미화되어온 한편 제도적으로 강요
되어온 측면이 있다. 그러나 자발적인 헌신은 강요된 희생과 구별될
필요가 있고, 그 결과 역시 매우 다르다. 강요된 희생은 여성성을 피
폐하고 황량하게 만들지만, 자발적 헌신은 오히려 자기 생명력을 지
니고 모든 생명을 키워낸다는 생각은 내 시의 출발점이기도 했다.

> 먼우물 앞에서도 목마르던 나의 뿌리여
> 나를 뚫고 오르렴,
> 눈부셔 잘 부스러지는 살이니
> (중략)
> 깊은 곳에서 네가 나의 뿌리였을 때
> 내 가슴에 끓어오르던 벌레들,
> 그러나 지금은 하나의 빈 그릇,
> 너의 푸른 줄기 솟아 햇살에 반짝이면
> 나는 어느 산비탈 연한 흙으로 일구어지고 있을 테니
> ──「뿌리에게」 부분

    이 시가 무의식 속에 잠재한 모성적 본능을 노래하고 있다면, 그
이후에 '어머니 됨'의 체험이 나타나는 시들은 보다 구체적이고 직

접적이다. 산길에서 마주친 다람쥐새끼를 보고 "세상의 모든 어린 것들은 / 내 앞에 눈부신 꼬리를 쳐들고 / 나를 어미라 부른다 / 괜히 가슴이 저릿저릿한 게 / 핑그르르 굳었던 젖이 돈다"(「어린것」)라거나, 꽃그늘 아래서 아이를 기다리며 "내가 늙은 만큼 그는 자라서 / 서로의 삶을 맞바꾼 듯 마주보겠지"(「오분간」)라고 중얼거리는 모습은 어머니가 되면서 자연스럽게 얻어진 이미지들이다. 그러나 이런 몇몇 시들로 내 시세계 전체를 모성으로 손쉽게 묶어두려는 견해나 전통적인 의미의 모성성을 이미 체현하고 있다고 보는 견해에 대해서 나는 동의하기가 어렵다. 그럴 경우 모성과 직접 관련되지 않는 존재론적 경향이나 사회 역사적인 문제들을 다룬 시들이 제대로 자리매김될 수 없을 뿐 아니라 내 시에 나타난 모성성마저 지나치게 피상적으로 이해될 우려가 있다.

내 시에서 모성 표출의 전형처럼 인용되는 「어린것」의 경우에도 충만한 모성의 노래라기보다는 결핍과 갈등 속에서의 돌이킴을 담고 있다는 것을 알 수 있다. 시적 화자는 아이 곁을 떠나 깊은 산길을 헤매고 있다. 전통적 어머니상과는 거리가 있는, 내적 번민에 골몰해 있는 모습이다. 그러다가 갓 태어난 듯한 다람쥐새끼를 보고서야 자신이 어머니의 임무를 유기하고 있었음을 깨닫는다. 다람쥐새끼를 보고도 젖이 돈다는 사실을 모성에 직결시키기 전에 보아야 할 대목은 그 젖이 "굳었던 젖"이라는 점이다. 그리고 그와 함께 상기된 것 또한 제 자식에게 젖조차 먹이지 못하고 짜버려야 하는 '현실'이다. 물론 "너를 떠나서는 아무데도 갈 수 없다고 / 갈 수도 없다고" 산길을 내려오기는 하지만, 그런 전환이 가능했던 것은 자신과 현실의 불모성을 깨달으면서이다. "하, 물웅덩이에는 무사한 송사리 떼"라는 '탄성' 속에는 척박하기 이를 데 없는 세계에 살아숨쉬고 있는 생명에 대한 '탄식'이 함께 내포되어 있는 것이다.

> 소금창고에서 나와 그을린 얼굴로
> 터벅터벅 집에 돌아온 여자,
> 지친 몸속에서 불었던 젖을 꺼내
> 아기에게 물린 채 그만 잠들어버린
> 그녀, 다음날 새벽
> 품속에서 숨이 막혀 죽은 아기를 안고
> 매맞는 그녀, 몰매기 몰매기
> 아이들은 뒤따라오며 돌을 던졌네.
>
> ──「몰매기를 기억함」 부분

이 시에서는 현실의 불모성이 더욱 극단적으로 나타난다. 몰매기는 현실의 인물이 아니라 예이츠의 시에 나오는 여자이지만, 내게 여성의 현실을 누구보다도 강렬하게 환기시켜준 인물이다. 지칠 대로 지쳐 돌아와 불었던 젖을 물리는 그녀, 아기가 자기의 젖에 숨막힌 줄도 모르고 잠이 든 그녀, 사람들에게 매를 맞으며 쫓겨가는 그녀. 생명의 원천이어야 할 젖이 오히려 아기를 죽게 했다니, 그 사실은 모성의 고갈과 황폐를 넘어 세계의 폭력성을 드러내고 있다. 세계는 몰매기에게 이중의 제물이 되기를, 즉 폭력의 시행자가 될 것과 그 죽음에 대한 십자가를 질 것을 요구한다.

처음에 나는 내가 그 제물에 대한 관찰자인 줄로만 알았다. 다만 "내가 돌을 던진 건 아닌가 싶어" 약간의 가책을 가졌을 뿐이다. 그러나 어머니가 되고 나서 "이제 나 종일 밭을 갈다가/집에 돌아오면서 문득 몰매기인 나를" 발견한다. 수많은 몰매기들, 그 "몰매기의 상처는 그 흐르는 피는/아직 그치지 않았다는 것을/하루에도 몇번씩 보아야 하네,/흐르는 피를 닦으며 그냥 그냥/밭으로 달려가야 한다는 것을/밭에는 그렇게 많은 돌들이 박혀 있다는 것을" 깨닫는다.

그렇게 많은 돌들이 박혀 있는 땅, 황무지, 문밖──세계에 편입되지 못한 주변적 장소, 대낮과는 전혀 다른 질서를 가진 어둠의 시간──그곳에 어머니가 서 계신다. 그리고 내가 서 있는 이곳 역시 '문안'이 아니라 '또하나의 문밖'이다. 그렇다면 어머니에게 가는 길은 문을 열고 벽을 허물 필요도 없이 '지금 여기', 문밖의 삶을 살아내는 일일 것이다. 여성에게 '문밖'이라는 공간은 매우 익숙하고 고유한 존재의 터전이 되어왔다. 그곳은 여성에게 강요된 장소이면서 동시에 스스로가 발견해낸 순결한 땅이기도 하다. 소외의 장소가 결국 구원의 장소인 것처럼.

2. 자궁과 무덤 사이에서

만삭이 된 슬픔의 배를 안고 내가 찾아든 방은
낙산에서도 아주 멀리 떨어진,
해도 영영 비칠 것 같지 않은 작은 방이었다

이불을 펴고 누우니
어떤 사람 어떤 시름이 함께 누울 자리도 없이
방이 꽉찼다, 다행이었다
무덤 속인 듯 자궁 속인 듯
그 방은 내 슬픔을 분만하기 위한 마구간이었다

그 방은 나를 잉태하기 시작했다
흘러나오는 슬픔에
방은 점점 좁아들고 천장은 낮게 가라앉았다
나는 천천히 눈을 감았다
멀리서는 아직 지상의 소리들이 들려오고 있었다

방이여, 내 위에 따뜻한 흙을 덮어다오
낙산이여, 그만 무너져다오
이제 나를 안아다오

———「만삭의 슬픔」 부분

　　자궁은 여성성을 상징하는 가장 대표적인 공간이다. 앞에서 말한
"돌아가야 할 근원이자 끝내 돌아갈 수 없는 심연"으로서의 모성은
자궁과 동의어라고 할 수 있다. 그런데 이 시에서 자궁을 통해 분만
되는 것은 새로운 생명이 아니라 슬픔이다. 그 슬픔은 양수가 되고
나는 그 방에 의해 잉태된다. 여성은 스스로가 하나의 자궁인 동시
에 끊임없이 어머니의 자궁으로 돌아가려는 욕망을 가지고 있는데,

그 욕망의 원천은 바로 죽음이다. 죽음에의 욕망은 자기를 재창조하려는 욕망에 다름아니다. 그런 의미에서 원초적인 집으로서의 자궁(womb)과 죽음의 집으로서의 무덤(tomb)은 매우 가까운 거리에 있다. 만삭의 슬픔을 안고 세상으로부터 쫓겨오듯 다다른 변방의 마구간, 여성적 육체에게 허락된 그 작은 공간은 초라하기 이를 데 없지만 존재의 성화(聖化)를 위해서는 더없이 좋은 공간이다. 그곳에서 나는 나를 분만해낸다.

그러나 그런 근원적인 탄생의 순간은 그리 자주 주어지는 것이 아니다. 오히려 자궁과 무덤 사이의 일상적 삶 속에서 대부분의 날들을 보내야만 한다. 원초적인 집과 죽음의 집 사이에 삶을 가두고 있는 현실이라는 집 속에서 여성적 육체는 피폐해지기 쉽고 창조적인 탄생보다는 반복적인 재생을 주로 경험하게 된다. 마치 여성이라는 이유로 피부처럼 달고 다녀야 하는 스타킹같이.

> 生의 얼굴은 촘촘한 그물 같아서
> 조그만 까끄러기에도 올이 주르르 풀려나가고
> 무릎과 엉덩이 부분은 이미 늘어져 있다
> 몸이 끌고 다니다가 벗어놓은 욕망의
> 껍데기는 아직 몸의 굴곡을 기억하고 있다
> (중략)
> 밤새 갈기는 잠자리 날개처럼 잘 마를 것이다
>
> ——「벗어놓은 스타킹」 부분

현대적 일상 속에서 자신의 육체를 껍데기처럼 느끼게 되는 경험은 여성에게 더 심각하게 나타난다. 사회가 던져준 '의상'을 입고 살아가야 하는 존재에게 육체는 낯설고 부자연스러운 것이 되고 만다. 자기의 맨발보다 스타킹을 더 살아 있는 육체라고 여기게 되며, 재생을 통해 새로워지는 것 역시 육체가 아니라 스타킹이다. 그러나 "또다른 의상이 되기 위하여" 재생되는 새로움이란 육체를 더 교묘하게 왜곡하고 억압하는 수단이 될 뿐이므로 육체는 갈수록 소모되어갈 수밖에 없다. "나는 어제보다 얇아졌다/바람이 와서 자꾸만 살을 저며 간다/누구를 벨 수도 없는 칼날이/하루하루 자라고 있다"(「탱자 꽃잎보다도 얇은」). 이렇게 하루하루 얇아져가는 삶이란 결국 "누구를 벨지도 모르는 칼날이/하루하루 자라고 있는" 나날이며 "내 속의 칼날에 마음을 자꾸 베이"는 나날인 것이다.

그 얇아져가는 속도를 멈추거나 늦출 수는 없을까. 슬픔을 분만하기 위한 마구간과 스타킹을 벗어놓은 방, 그 까마득한 거리를 좁힐 수는 없을까. 현대적 일상이 던져주는 이러한 위기감과 고민은 사실 남성 여성 가릴 것 없이 모든 시인의 과제가 되어왔다. 이성복은 그것을 이렇게 표현하기도 했다. "어떻게 마리아의 일생과 그날이 그날 같은 통속적인 삶을 결합시킬 수 있을까. 신비는 거기 있다. 유원지 담벼락 아래 퍼질러진 오물무더기 위로 날아앉는 눈이 파란 잠자리. 대지는 임신한 지 오래다. 나는 무자격 산파다."

그러나 여성은 임부인 동시에 산파다. 여성의 육체 속에는 자궁과 무덤, 성모와 창녀, 마구간과 세속, 오물무더기와 눈이 파란 잠자리가 하나일 수 있다. 바로 그 '사이'에서 여성은 스스로를 낳는다.

3. 내 속의 여자들

내 속에는
반만 피가 도는 목련 한 그루와
잎끝이 뾰족뾰족한 오엽송,
잎을 잔뜩 오그린 모란 두어 그루,
꽃을 일찍 피워버려
이제 하릴없이 무성해진 라일락,
이런 여자들 몇이 산다
한 뙈기 땅에 마음을 붙이고부터는
그녀들이 뿌리내려
내 영혼의 발목도 잡아주기를,
어디로도 못 가고
바람소리도 못 들은 채 살 수 있기를 바랐다

———「내 속의 여자들」 부분

내 속에는 수많은 '그녀들'이 살고 있다. 어딘가 앓고 있고 불구의 몸을 가진 그녀들, '그녀들'을 나는 동시에 살아내고 있다. 그녀들이 한 뙈기 마음밭에나마 뿌리내리기를, 그래서 그 타자들 속에 나 역시 간신히 깃들여 살게 되기를 얼마나 바랐던가. 높은 바람의 길에 연연해하지 않고 다른 뜰의 화사한 성찬보다 "내 반쪽 옆구리에서 피어난 목련 한 송이"를 눈물겹게 받아들이는 것은 그녀들의 안간

힘을 알기 때문이다. 그러나 그녀들의 고통을 충분히 살아내지는 못한 듯하다. 이 시에는 여성적 타자에 대한 자각은 있지만 여성적 언술은 뚜렷하게 드러나지 않는다. "내 속에 타자들이 있다"고 말하는 주체보다는 내 속의 타자들로 하여금 스스로 말하도록 했어야 하지 않을까. 내 초기 시에 대해 지나치게 단정하고 규범적인 틀을 가지고 있다고 하는 지적은 이런 점과 무관하지 않을 것이다.

그후로 정형화된 틀을 벗어나려고 애를 썼지만, 완강한 언어적 관습을 깨뜨리는 일이 그것을 습득하는 일보다 훨씬 어려운 일이라는 것을 절감하곤 한다. 내 시를 두고 남성적 언어라고 말하는 것도 바로 그러한 관습적 코드로 어렵지 않게 읽혀지는 시이기 때문일 것이다. 흔히 여성의 언어를 '언어 같지 않은 언어', 즉 침묵과 망설임과 아이러니와 광기의 언어라고들 한다. 자기가 말하고자 하는 내용 사이로 타자의 목소리가 끊임없이 끼여드는 혼합과 교체의 언어가 여성적 언어라고 한다면, 내 시는 대체로 단일한 서정적 자아의 목소리가 비교적 정연하게 드러나는 편이었다. 그러나 동일자의 목소리로 모든 것을 덮어버리려는 것은 아니다. 분열을 분열 그대로 보여주지는 못한다 하더라도 시의 구조를 최대한 열어두고 침묵에 가까운 언어를 지향함으로써 내 안의 여러 목소리들을 어느정도는 되살려낼 수 있으리라 생각한다.

고통과 분열을 말하는 방식에는 여러가지가 있을 수 있다. 예를 들어서 종이에 물방울이 떨어졌다고 할 때, 나는 물방울이 마악 번져가는 생생한 감각보다는 물방울이 다 마른 뒤에 보일 듯 말 듯 하게 남아 있는 얼룩에 대해 주로 말해온 것 같다. 또 종이가 찢겨지는 순간의 날카로운 비명을 내기보다는 그 예리한 날이 조금씩 가라앉고 무디어져갈 때야 비로소 말할 수 있었던 것 같다. 무엇인가가 나를 꿰뚫고 지나간 한참 뒤에야 비로소 그것을 말할 언어를 발견하게 되는 것이다. 항상 언어가 삶보다 늦게 온다. 뜨거움의 기억을 가지고 식어서 오고, 찢겨짐의 상처를 안고 아물어서 온다.

그래서 언어로써 삶의 뜨거움을 선취해내는 시인들이 전위부대라면 나는 후방부대에 속한다는 생각을 하곤 한다. 전위가 존재의 위험을 무릅쓴다면 후방은 존재의 지루함을 견디며 끝까지 응시해야 할 몫을 지닌 사람들이 아닐까. 중요한 것은 고통의 밀도이지, 전달방식이나 반응속도 자체로 우열을 가릴 수는 없다고 생각한다. 전위와 후방이 싸움터에 모두 필요하듯이, 문학에 있어서 고통을 보여주는 다양한 방식들은 모두 존중되어야 한다. 고통을 전달하는 방식은 곧 그의 존재방식을 말하는 것이니까.

어느 굽이 몇 번은 만난 듯도 하다
네가 마음에 지핀 듯
울부짖으며 구르는 밤도 있지만
밝은 날 유리창에 이마를 대고
가만히 들여다보면
그러나 너는 정작 오지 않았던 것이다

어느날 너는 무심한 표정으로 와서
쐐기풀을 한 짐 내려놓고 사라진다

사는 건 쐐기풀로 열두 벌의 수의를 짜는 일이라고,

그때까지는 침묵해야 한다고,

마술에 걸린 듯 수의를 위해 삶을 짜 깁는다

——「고통에게 1」 부분

한편 나는 스스로에게 묻는다. 왜 고통을 '견뎌내야' 하는 것이라고 생각하는가. 고통은 때에 따라서는 피할 수 있기도 하고, 발산해서 풀 수 있기도 하고, 이겨서 극복할 수 있기도 하고, 또는 하나의 기호로서 해석할 수 있는 것이기도 한데, 왜 고통의 감수만이 구원에 이르는 통로인 것처럼 생각하는가,라고. 그것은 아마도 인내나 수동성에 대한 뿌리깊은 신념 내지 집착의 반영일 것이다. 『백조왕자』에서 화형장에 끌려가면서까지 쐐기풀을 손에서 내려놓지 않았던 누이처럼, 고통에 대한 인내만이 "제 죽음에 기대어 피어날 꽃"을 맺히게 할 수 있다고 믿고 있는 것이다. 다만 다른 것이 있다면 동화에서는 쐐기풀로 오빠들을 사람으로 되살리기 위한 옷을 짠다면 여기서는 누구의 것인지도 모를 "열두 벌의 수의"를 짠다는 점이다. "수의를 위해 삶을 짜 깁는"다는 것은 어떤 목적이 없이 고통 자체를 존재의 방식으로 여긴다는 의미다. 이런 존재방식이 가능한 것은, 고통을 응시함으로써 고통을 무화시킬 수 있다고 여기기 때문이다. 그리하여 어느 드물게 밝은 날 그녀는 고통을 향해 이렇게 말하기도 한다. "그러나 너는 정작 오지 않았던 것이다."

그렇게 고통의 순간이 지나가기를 숨죽여 기다리는 일말고는 나는 달리 그로부터 벗어나는 방법을 알지 못한다. 이때의 침묵은 일종의 숨죽임이며 인내의 표지이기 때문에 그것 자체가 적극적인 언어가 되지 못할 수도 있다. 그런 점에서 내가 고통에 반응하는 방식은 순종적인 인고의 여성상을 떠올리게 하기도 한다. 그러나 한편으로 절제와 인내란 그 속에 '견고함에의 의지'(황현산)를 포함하며, 스스로를 완성하려는 욕구의 산물이기도 하다.

> 이 꽃그늘 아래서
> 내 일생이 다 지나갈 것 같다.
> 기다리면서 서성거리면서
> 아니, 이미 다 지나갔을지도 모른다.
> (중략)
> 기다림 하나로도 깜박 지나가버릴 生,
> 내가 늘 기다렸던 이 자리에
> 그가 오래도록 돌아오지 않을 때쯤
> 너무 멀리 나가버린 그의 썰물을 향해
> 떨어지는 꽃잎,
> 또는 지나치는 버스를 향해
> 무어라 중얼거리면서 내 기다림을 완성하겠지.
> ──「오분간」 부분

꽃그늘 아래서 아들을 기다리는 오분간을 그리고 있는 이 시에서 기다림의 대상은 아들이 아닐 수도 있다. 그녀가 기다리는 것은 아무것도 아니면서 동시에 모든 것이기도 하다. 또는 그녀 자신일 수도 있다. 중요한 것은 기다림의 '대상'이 아니라 기다림의 '완성'인 것이다. 무엇을 지향한 기다림이 아니라 존재 자체가 기다림인 것이다. 이때 기다림은 막연한 수동성의 행위가 아니다. 적극적인 수동성의 행위다. 그러기에 기다림의 대상이 아무리 늦게 오거나 또는 끝내 오지 않더라도 순환적인 시간 속에 놓여 있는 그녀의 기다림은 훼손되지 않는다. 기다리는 오분간 한 생애가 다 지나갈 것 같다는 느낌은 차라리 꽃그늘을 훌쩍 날아오르는 나비처럼 가벼운 것이다.

그러나 그 이면에는 내가 어머니로부터 "너무 멀리 나가버린 썰물"이 되었듯이 내가 기다리는 대상 또한 돌아오지 않으리라는 체념에 가까운 예감이 들어 있기도 하다. 제 몸에서 태어난 존재와의 분리를 긍정하는 순간 여자는 어머니가 된다. 그녀에게 삶은 "떨어지는 꽃잎, / 또는 지나치는 버스" 같은 것이며, 꽃잎이 다 지고 버스가 다 지나간 뒤에도 그녀의 기다림은 그 자리에 남아 있다.

4. 금이 간 항아리

앞서 내 시의 수동성이 순응의 산물이기보다는 견고함에의 의지나 자기 완성에 대한 지향을 내포하고 있다는 점을 말했는데, 이 점은 언어나 형식에 있어서도 나타난다. 절제와 균형을 취하려는 태도, 은유와 상징에 주로 의존한 표현, 분산과 해체보다는 질서와 통일성을 지향하는 이미지 등이 그에 해당한다. 그리고 숨겨진 언어를 발견하고 되살리려는 노력보다는 발견된 의미를 어떻게 하면 풍부하면서도 통일성있게 전달할 수 있을까를 주로 고민해온 것 같다. 바로 여기에 나의 딜레마가 있다. 한 여성 또는 한 인간으로서 가지게 된 삶에 대한 인식은 일정한 분열을 겪어왔음에도 불구하고 그것을 보여주는 언어적 방식은 근본적으로 달라지지 않았다는 점이다. 결핍, 고통, 분열, 소외로 가득 찬 시적 현실을 절제되고 안정된 방식으로 전달하려는 데서 생겨나는 불일치, 그 속에서 언어에 대한 회의와 간극은 깊어져왔다.

> 이건 금이 간 항아리면서
> 금이 갔다고 말할 수 없는 항아리
> (중략)
> 무엇이든 담을 수 있지만
> 간장만은 담을 수 없는,
> 뜨거운 간장을 들이붓는 순간
> 산산조각이 나고 말 운명의,
>
> 시라는 항아리
>
> ──「어떤 항아리」부분

시적 언어에 대해 느껴온 이러한 균열은 시를 "금이 간 항아리면서 금이 갔다고 말할 수 없는 항아리"라고 말하게 한다. 그 항아리는 바로 내 시가 처한 위기와 한계를 말해주고 있으며, 뜨거운 간장에 의해 한번은 "산산조각이 나고 말 운명"을 예고하고 있는 듯하다. 산산조각이 남으로써 모든 유용성을 잃어버릴 때만이 새로운 항아리를 빚어야 할 필요성도 생겨나게 된다. 그러나 나는 그런 순간에 대한 갈망과 두려움을 동시에 안은 채 너무 점진적인 변화나 보완에 머물러 있었던 것은 아닌가 생각해본다.

대체 새로운 언어란 무엇일까. 과연 본질적으로 새로운 언어란 존재하는 것일까. 그러나 '본질적인'이라는 말은 자칫 현실이 아닌 내면으로, 의식이 아닌 무의식 쪽으로 우리를 안내하는 경향이 있다. 80년대 리얼리즘 경향의 시들이 현실을 재현의 대상으로만 단순화했던 것과 마찬가지로, 90년대 여성시의 내면화 경향은 방향은 다르지만 그와 유사한 위험성을 안고 있는 듯하다. 중요한 것은 현실과 내면, 의식과 무의식 사이의 긴장이다. 삶이 언어를 선취한다고 여겨온 나로서는 지금 새로운 언어에 대한 어떤 규정도 내릴 수 없다. 다가올 현실에 대한 치열한 정신의 대응만이 새로운 언어를 발견할 수 있으리라는 믿음밖에는. 그리고 "내 속의 여자들"의 발성이 하나의 가능성이 되리라는 예감밖에는.

"여성의 언어는 그릇처럼 무언가를 내포하고 있지는 않고 차라리 운반하고 있다"는 엘렌 식수의 말처럼 여성성의 진정한 목표는 가시적인 집이나 세계를 구축하는 데 있지 않다. 오히려 그런 욕망을 부단히 해체하려는 도정 자체에 있다. 일정한 영토보다는 움직이는 경계로서의 여성성만이 스스로 고립되거나 결핍되지 않고 나아갈 수 있다. 나의 관심은 강을 건너가는 데 있지 않고 그 물줄기를 '지금 여기'로 끌어들이는 데 있다. 내면 또는 무의식에서 길

어울린 말들이 오염된 언어의 대지를 회복시키는 물줄기 중 하나가 될 수는 있겠지만, 그것이 어떤 절대적 세계로 고정될 수는 없다고 나는 생각한다. 그러므로 내면에 대한 관심도 어디까지나 현실을 좀더 잘 들여다보기 위해, 나아가 현실을 끌어안기 위해 필요한 것일 뿐, 불완전한 현실에 대한 대안적 이상으로서의 내면을 추구하는 것은 아니다. 내가 여성성으로부터 수유받고자 하는 것 역시 해체와 일탈의 힘이지 현실과 분리된 세계의 입주권은 아니다.

> 태백 금대산 어느 시냇가에 앉아
> 조금만 더 올라가면
> 남한강의 발원지가 있다는 말을 듣고도
> 나 그곳에 가지 않았다
> (중략)
> 끝내 가지 않아야
> 세상의 물이란 물, 그
> 발원에 대해 생각할 수 있을 것 같기에,
> 흐리고 사나운 물을 만나도
> 그 첫 순결함을 믿을 수 있을 것 같기에,
> 간다 해도 그 물줄기 어디론가 숨어
> 내 눈에 보여지지 않을 것 같기에,
> 나 그곳에 가지 않았다
>
> ──「발원을 향해」 부분

나는 발원, 그 직전에서 되돌아온다. 나는 왜 '그곳'에 가지 않았을까. 그곳을 명명하거나 그곳에 도달했다고 믿는 순간 이미 '그곳'이 아니게 될 거라고, 그곳이 그곳으로 남을 수 있는 것은 오직 "강이라는 이름을 얻기 전의 물줄기"일 때뿐이라고 말하고 있는 것일까. 과연 나는 노혜경의 지적처럼 "미지를 신비화된 상태로 놓아두기로 결정"한 것일까. 그렇지 않다. 그것은 지금 여기, 문밖의 삶을 견디기 위해서이고, 세상의 모든 "흐리고 사나운 물"을 살아내기 위해서이다. 그리고 발원지에 끝내 도달하지 않는 것만이 발원을 '향해' 가는 것처럼, 문밖의 이 삶을 살아내는 일만이 저 문밖의 어머니에게로 가는 길이라고 믿기 때문이다.